柿本人麻呂の栄光と悲劇

『万葉集』の謎を解く

池野　誠

目次

第一章　人麻呂の終焉地はどこか

鴨山と石川

柿本人麻呂はわが国最古の詩歌集『万葉集』の代表的歌人である。極言すると、人麻呂は日本文学の創始者であるといっても過言ではない。

世界史的な視野で見れば、中国の詩人、李白や杜甫、あるいは叙事詩『オデッセイ』を書いたギリシャ詩人ホメロスに比肩できる詩人である。

万葉歌人は固有の文字がなかった日本に、漢音を訓《くん》読みすることで、万葉仮名を発明し、漢字と仮名を混用して固有の文字で文章を作ることを可能にし、文学・学問、文化全般の発展に多大な貢献をした。

この観点から、万葉歌人である人麻呂の生涯、特にわが国固有の詩歌である和歌、すなわち長歌・反歌＝短歌の発展史が解明されることはきわめて重要である。

本論考は『万葉集』に載せられた、人麻呂の終焉地における鴨山の辞世歌並びにその妻依羅娘子《よさみのおとめ》の挽歌、さらには基礎文献にもとづいて旧来の伝承・文献を批判しつつ、歌聖の生涯と歌業を人文科学的及び自然科学的な研究成果を援用して解明しようとする一つの試みである。それは、これまでわからなかった『万葉集』の謎を解くことになる。

まず、人麻呂およびその妻依羅娘子が歌聖の終焉について石見の「鴨山」や「石川」を詠んだ次の和歌をどう解釈するか、具体的にはその位置がどこであるかを探し求めるのが出発点となる。

歌人の終焉地を確定するには、次の三つの和歌が重要な鍵となる。

柿本朝臣人麻呂、石見国に在りて臨死《みまか》らむとせし時、自ら傷《いた》み作れる歌一首
鴨《かも》山の岩根《いわね》しまける我をかも知らにと妹が待ちつつあるらむ　（巻二・二二三）
柿本朝臣人麻呂の死せし時、妻依羅娘子の作れる歌二首
今日《けふ》今日《けふ》とわが待つ君は石川の貝（一云、谷に）に交《ま》じりてありといはずやも　（巻二・二二四）
直《ただ》の逢ひは逢ひかつまじし石川に雲立ち渡れ見つつ偲《しの》はむ　（巻二・二二五）

人麻呂は死に臨んで、「鴨山の岩を枕にして死んでいく私を、何も知らないで妻は待っているのであろうか」と辞世歌を詠んでいる。他方、妻の依羅娘子は「今日は今日はと、私がお待ちしたあなたは石川の貝に交じって倒れているというではありませんか」、「直《じか》に逢うことはもうできないでしょう。せめて石川に雲よ立ち渡っておくれ。見ながら偲びますから」と挽歌を詠んでいる。古代では貝は人骨を守って永遠に保存するものであり、また雲は故人の霊がこもっていると信じられていた。

まず、人麻呂の和歌に出てくる鴨山がどこにあったかが問題となろう。

それは大和や河内の山か石見の山のどちらなのか。大和・河内説では河内国にある山であると仮想していることが多い。もし鴨山が石見国にあるとすると、古代から伝承のある高津・鴨島（現島根県益田市）であるが、さらに歌人の斎藤茂吉が新たに発見したという湯抱《ゆがかい》・鴨山か、また郷土史家の藤井宗雄がいう浜田・亀山なのか、いずれかを問わねばならない。

次に、依羅娘子の詠んだ石川がどの川であるかを確定する必要である。大和・河内の石川か、石見の石川か。かりに石見の石川とすると、有力な伝承がある高津川か、斎藤茂吉がいう江川か、あるいは浜田川のどれかが問われる。

さらに、依羅娘子の挽歌にある「貝」は何かである。普通の川や海に生息する「貝」なのか、または添え書きにある、山の「谷《かい》」（「峡」）なのか仔細に検討しなければならない。

近年、奈良万葉文化博物館名誉館長の中西進は「貝」は貝殻・貝塚になった貝であり、古代人は死者を貝塚に埋葬することで人骨が腐食されないで、長らえることを祈る風習があったとしている。この論拠から、茂吉の「谷」説は完全に否定し去られたことになる。

中西は以前は『柿本人麻呂』（講談社）などでは、茂吉の鴨山説の信奉者で、前期の著作では「貝」説ではなく「谷」説を採用していた。ところが、近年は民俗学的に「貝」が貝塚などに人骨を埋めることで永続を願う古代人の慣習であることをわかって、自説を大きく転換した。

これは茂吉のように純粋に和歌だけの視点で解釈すると、とんでもない誤謬や破綻に陥ることを例証している。それゆえに和歌の解釈には歴史学、民俗学、考古学などの人文科学の視点や地質学のような自然科学の視点も大切になっている。

同じように、茂吉が古代から天皇家が高津・鴨山を人麻呂終焉地として公認した事実を理由もなく、無視したのは合理的ではない。

高津・松崎の碑文に「聖武天皇以降」とあり、同地方に伝わる伝承でも聖武天皇の治世のとき、朝廷が大僧正の行基《ぎょうき》に同地に柿本人麿神社の建立を命じたと書いている。しかも、最近の研究によって聖武天皇の時代に『万葉集』が編纂され、人麻呂の名誉回復が行われたことがわかってきた。明らかに、神社建立は聖武天皇よる人麻呂の名誉回復と連動している。

実は、高津・柿本人麿神社は天皇・名族政治の奈良朝・平安時代から武家社会の鎌倉時代・室町時代・戦国時代・江戸時代、さらに今日まで連綿として続く、朝廷より終焉地として公認された唯一の神社である。今日、高津・柿本人麿神社が全国に約二百五十二社ある人麿神社の「本社」、あるいは「総社」と呼ばれているのは、奈良・平城京の時代に聖武天皇の勅許で建立された由緒のある最初の神社であるからである。

この間、一〇二六年（万寿三年）に地震・大津波のために鴨山が海底に陥没したあと、御神体《ごしんたい》の人麻呂像が漂着した高津・松崎に新たに神社が再建されたが、江戸時代初期に初代津和野藩主の亀井茲政が高津山＝高角山に移設したのが今日の壮麗な社殿である。鎌倉時代にはじまる中世には吉見氏の武将、高津長幸の居城であった。

拝殿の正面に天皇家の菊の御紋章に亀井家の紋章を合体した紋章が飾られており、この神社が朝廷の勅許を得て建立された由緒ある神社であることがわかる。

この間、一七二三年（享保八年）には朝廷の公認で、高津で盛大に千年忌を挙行し、その際、人麻呂は「柿本大明神・正一位」の最高神位が贈位されている。

これらのことから判断しても、奈良時代から今日に至るまで、同地が一貫して朝廷公認の人麻呂終焉地であり続けたことは明白である。

例えば、日本人で菅原道真《すがはらのみちざね》が太宰府に左遷され、同地が終焉地であることに誰が異義を唱える者がいるだろうか。この事実に異義を唱える者は一人としていない。それなのに、人麻呂終焉地の取り扱いは異様で、不当であるといわねばならない。もし変更するなら、それは冒涜《ぼうとく》の誹《そし》りを受けてもやむをえない、根拠のない変更である。

江戸時代、賀茂眞淵《かものまぶち》などの国学者が人麻呂を文献的に研究し始める江戸中期までは、単なる伝承としてではなく、公式に鴨山は高津・鴨島と信じられていた。ところが、賀茂眞淵は文献を作為的に解釈して歴史の事実を無視した。江戸時代に国学が興った主な理由は、『古事記』『日本書紀』『万葉集』『続日本紀』などの古典を研究調査することで、古《いにしえ》の歴史・文化を復興することであった。思想的な流れは次第に国粋的になり、学問的には文献至上主義的になっていく。

その理由は国学が依拠する記紀などの古典が本来、悪名高い藤原不比等らの手によって律令官僚中心史観に立脚しており、権力によって不当に歪曲・改竄《かいざん》された歴史書であったこと、科学的に批判する学問の基本から離れた文献であって、正当な歴史書と認めがたいものであったからである。

その頃から人麻呂研究においても、人麻呂終焉地を含む生涯と歌業が恣意《しい》的に変更できるようになった。近代の学問的な規範からみて、こんなことは絶対にあってはならないことである。

一九三〇年（昭和五年）十一月、茂吉は外部には「疫学《えきがく》調査」というふれ込みで初めて石見旅行を行った。実際には、初めから石見地方の人麻呂調査を行う計画で、まず古くから終焉地として知られた島根県美濃郡高津町（現島根県益田市高津町）の柿本人麿神社を参拝し、中島匡弥宮司から柿本人麿神社の縁起《えんぎ》を聞いた。

茂吉が「疫学調査」をわざわざもち出したのは訳がある。『続日本紀』の記述に「文武《もんむ》天皇、慶《けい》雲《うん》四年夏四月二九日」の条に「天下《てんか》疫飢す。詔《みことのり》して振恤を加ふ。但し丹波、出雲、石見三国尤《もっと》も甚し。幣帛《へいはく》を諸社に奉る。又、京畿《けい》及び諸国の寺をして読経《どきょう》せ令む」、現代語に訳すと「慶雲四年の四月二十九日、国内に疫病が流行、民衆が病《やまい》と餓えに苦しんだ。文武天皇は詔《みことのり》を発して、苦しんでいる民衆を援助させた。中でも丹波、出雲、石見の三国の惨状が甚しかった。諸国の神社に平癒《へいゆ》祈願《きがん》の幣帛《へいはく》を奉納した。更に、京畿地内や諸国の寺に命じて祈願《きがん》の読経をさせた」という文言を発見し、慶雲四年に人麻呂が石見で疫病で死んだと推定し、調査を思い立ったからである。

茂吉はこの段階では、人麻呂の終焉地を高津・鴨島とすることにいささかも疑問はなかった。ところが、中島宮司が大塚・中須連丘に近い、日本海沿いの久城《くしろ》に案内し、小高い丘陵から一〇二六年（万寿三年）の地震・大津波で海中に没したという中須沖の「大瀬の暗礁」の辺りを眺めたときから、心にふつふつと疑念が湧いてきた。それは疑念というより野心といった方がよいかもしれなかった。

それというのも、その風景が人麻呂終焉地として自分が想像していたものと異なっていたからである。要するに、中島宮司は茂吉に高津・鴨山を説明することに失敗したのであった。

そこから、一九三四年（昭和九年）五月・七月、一九三五年四月と、茂吉の鴨山探しの石見彷徨《こうほう》が始まるのである。初めは「浜原《はまはら》・亀村」説を唱えるが、一九三七年一月に粕淵《かすぶち》・湯抱の一青年から、「鴨山」という山があるとの手紙をもらい、同年五月に「鴨山」（海抜三百六十メートル）を実地に見て、「湯抱・鴨山」説へと転じる。一度決めた説を簡単に放棄して他の説を唱えるようなことは普通の人はやらない。ところが、茂吉は平気で自説を中止して、地方の青年がいったことを真に受けて転換できる人であった。

ついに、茂吉はそれが思い描いていた鴨山だと心に決めて、感極まって「人麿がつひのいのちををはりたる鴨山をしもここと定めむ」との大形《おおぎょう》な和歌を詠んでいる。自分でころころ説を変えるのが滑稽とは思わなかったところに、この歌人の軽薄さがあった。

医学（精神科）という科学を学んだ茂吉だが、人麻呂と妻依羅娘子の「直《じか》の逢ひは逢ひかつましじし石川に雲立ち渡れ見つつ偲はむ」という和歌から直感で江川を「石川」と決めつけるなど、およそ科学者らしからぬ決め方をしている。茂吉には確たる証拠のある終焉地はないのにである。

彼の説が二転三転していることでもわかるように、それは強引な決め方であった。本当に、歌聖の終焉地がこんな直感的な決め方でよいのか、誰もが疑問を覚えるのは当然であった。茂吉の説には人麻呂が詠んだ和歌だけで直感的に考える危うさが常につきまとった。今日、茂吉の説が論難され、信用できない人麻呂論になってしまったのは当然の帰結である。

しかし、中島宮司の茂吉への説明も説得力に欠いた。例えば、次のように茂吉に説明していたら、どうだったろうか。

鴨山があった鴨島は、もとは高津川（石川）と益田川が流す土砂によって、海底の岩盤の上に土砂が堆積した砂洲《さす》島で、広い高津川内海の河口に浮かんでいた。やがて砂洲島が長年堆積した土砂で連結し、鴨山を含む中島・大塚・中須連丘の半島ができて両方の陸地と繋がっていたが、一〇二六年（万寿三年）の地震・大津波で崩壊し、半島の先端の、鴨山のある鴨島は海底に没したと伝えられている、と。

このように現実に起こった事象を詳細に、かつ丁寧に説明する必要があった。

後に述べるように、茂吉が訪問する三年前に高津・柿本神社を参詣した島崎藤村は、万福寺で一〇二六年（万寿三年）の津波で流された仏像三体を見たとき、瞬時にその地震・津波がいかに猛威をふるったかを想像し、すぐ当地が人麻呂が配流された鴨島が没した土地であることを理解した。

茂吉は中島宮司の神社縁起による説明では納得しなかった。彼の審美眼《しんびがん》からすると、思い描いていた風景と現実の風景はまったく異なるものだった。

これが発端となって、上記のように、茂吉は長い期間を費やして、石見各地に「鴨山」「石川」探しの旅をすることになった。しかし、その石見の彷徨《さすらい》は初めから徒労に終わる旅でしかなかった。というのも、茂吉は無理と承知しながら自分の歌人としての権威にかけてでも、「鴨山」を探しあて、決定しなければならないという一種の焦燥感にかられていたからである。それゆえに茂吉が決定した浜原・亀村も湯抱・鴨山も歌人の虚妄の産物であった。

奈良時代から聖武天皇以降一三〇〇年間にわたり、日本人の誰もが信じた人麻呂の終焉地が「高津・鴨山」という厳然たる事実は、何人も変更できない真実である。にもかかわらず、茂吉は人麻呂の終焉地を恣意的に変更した。それは「天をも畏れぬ所業」としかいいようがない行為である。

奈良時代には、事実として高津川は当時は広い入江、あるいは広い湖沼の状態だったから、しばしば濃霧がわき上がる現象がみられる川であった。

特に、古代には高津川河口の入江（内海）はかなり大きい湖沼（湖面は約四キロ平方メートル）であって、島根県松江市周辺に広がる宍道湖や中海の二湖より狭いが、まさに「雲立ち渡る」と歌に詠まれる自然現象が起こっていたと思われる。

奈良時代には、事実としては高津川は広い入江、あるいは広い湖沼の状態だったから、しばしば濃霧がわき上がる現象がみられる川であった。

驚くことに、今日に至ってもなお、わが国の国文学会・和歌学会の主流の論は、人麻呂の石見相聞歌は「空想の産物に過ぎない」というものである。その理由が「飛鳥・奈良時代に歌人がフィクションとして和歌を詠むことが行われた」というのだから、見識を疑いたくなる。

万葉時代には、和歌は抒情歌だが、同時に事実に即して詠むという写実主義の時代でもあった。『万葉集』の和歌には後期になると多少空想まがいの作品があったが、平安・鎌倉時代の『古今和歌集』『新古今和歌集』に至って、空想やフィクションがもてはやされるようになった。特に、『新古今集』になると、完全に空想に遊ぶことが流行となり、それが和歌の堕落を招いたとするのが定説である。

たとえば、後鳥羽院には次の「石見潟《いわみがた》」を使った和歌がある。周知のように、後鳥羽院は隠岐に配流された最初の天皇で、同じく配流の憂き目にあった人麻呂を追想する想いが深かったかもしれない。

石見潟高津の山に雲晴れてひれふる峯を出づる月かげ　　後鳥羽院　『新古今集』

この和歌は後鳥羽院が石見を訪ねたことはまったくないのだから、明らかに空想の産物である。しかし、今日でも同地方に実在する「石見潟」「高津の山」「ひれふる峯」を詠んだ和歌を作っている。

平安・鎌倉時代の歌人の間で、人麻呂の石見相聞歌は有名であった。それゆえ『古今集』『新古今集』では枕詞の「石見潟」を使う和歌が数多く作られた。しかも、その多くが空想歌で、フィクションであった。

人麻呂終焉地の「高津の山」が平安・鎌倉歌人の間で有名であり、中央地方を問わず、枕詞の「石見潟」が流行した。この一事でも奈良・平安時代から鎌倉時代初期に人麻呂の終焉地が高津・鴨山と全国的に認められていたことがわかる。

率直にいって、茂吉は直感で事実を見る性癖がある人で、勝手に石見の地に空想世界をつくって史実を混乱させた罪は重い。だから、『柿本人麿』（岩波書店）は詳細な調査であるにもかかわらず虚妄の書と評されても仕方がない。

茂吉の高津・柿本人麿神社の参拝について、愛用の手帳を紛失したエピソードが語られている。

茂吉は益田の調査が終わって山陰線の汽車に乗って、次の目的地である出雲大社へ出発する間際になって、旅の重要な事項を書きとめた手帳を紛失したことに気づいた。八方手を尽くして探したが、見つからない。ついには、手帳を紛失したと思われる益田駅周辺に手帳を拾った人は知らせて欲しいという張り紙を作って、貼って歩いた。

幸いにも、出雲大社に着いてしばらく経って、手帳が見つかったいう報せがとどいた。タクシーの運転手が駅前で拾ったという。茂吉はこのエピソードを自著『柿本人麿─鴨山考補註篇』に書き残している。よほど悔恨の深い事件であったのである。茂吉が動転していた模様がありありと想像できる話である。

この出来事は単なるエピソードとして片付けられない。朝廷が公認した高津・柿本人麻呂総社を他所に移す行為が一歌人を越えた畏れ多い行為であるという心情が表出した出来事であったと見る人が多い。

茂吉は、鴨山の踏査にあたって、次の三点を前提に調査したという。

その前提とは「⑴人麿が石見国で死んだ。⑵石見娘子、依羅娘子が同一人物であり、かつ依羅娘子が石見に居った。⑶人麿は、晩年、石見国府の役人をしていた」で、それを容認することである。これらを前提にさらに二つの条件が付け加えられた。

「第一は、依羅娘子が国府にいても、鴨山は少なくとも十里（四十キロ）以上、十四、十五里くらい隔たった場所でなければならない。依羅娘子は死に目に会えなかったからである。第二は、先に囲繞した『万葉集』（巻二・二二四、二二五）依羅娘子の二首の挽歌は、「石川」とあるが、該当する川を、この第一の条件のもとに見出さねばならない」というものである。

ここで指摘しておきたいことは、梅原猛が『水底の歌―柿本人麿論』で述べるように、眞淵や茂吉が異論を挟む前は、日本人は誰でも鴨山が「高津・鴨山」であり、「石川」は「高津川」であると信じて疑わなかったという事実がある。高津川は豊富な魚介類が生息し、昔からシジミやハマグリなどの貝が沢山棲息する高津川内海・入江として有名であった。そのような事実を無視する行為が作為的、かつ独善的に行われたことが問題なのである。

しかし、茂吉が、たとえその鴨山説が夢想の迷走であったとしても、『万葉集』中で人麻呂の相聞歌が石見を舞台として歌われているという事実を尊重したことは、ある程度評価すべきことである。もし歌壇の大御所である茂吉が人麻呂の和歌を石見の和歌として忠実に捉えなかったならば、中央の国文学者や歌人は江戸時代の賀茂眞淵説などにしたがって、石見を無視し続けたに違いないからである。

茂吉は依羅娘子の挽歌「石川に雲立ち渡れ見つつ偲はむ」を、江川のような大きな川でないと起きない現象とする。高津川では「雲立ち渡れ」のような雄大な風景がないから、このような語句は使用できないという立場である。事実は、古代、高津には大きな湖沼があって「雲が立ち渡っていた」のである。

和歌・伝承に生きる人麻呂

最近、ある有名な万葉学者の人麻呂論を読んで驚きを禁じえなかった。著者は歌聖を論じるにあたって歴史書や伝承を抜きにして、ただ人麻呂が詠んだ和歌のみでその生涯を論じると述べていたからである。

通読してみると、なかなか充実した人麻呂論で感心したが、歴史的、伝承的な検証をまったく経ていないので、説得力を欠いた歌人論であった。和歌を鑑賞するだけなら、和歌だけで論じるのは構わない。しかし、人麻呂の生涯を論じるとなると、歴史学的、民俗学的などの視点の検証を経ていないから、どうしても誤謬だらけの論になる。結局、同書は独断的で、信用がおけない論なので、失望した。

本論では和歌はもちろん、記紀などの歴史書、民俗学（伝承口碑）、現地調査など、あらゆる人文科学及び自然科学の研究成果にもとづいて人麻呂論を進める。

人麻呂の生涯を論じるにあたり、まず述べたいのが、終焉地と伝えられる島根県益田市高津町に伝わる人麻呂の伝承である。全国で人麻呂伝承が最も多いのがこの地方である。益田市（旧石見国美濃郡）だけで人麻呂を祀った神社が十二社ある。日本広しといえどもこんなに人麻呂の神社が集中している所はない。

火のないところに煙はたたないというが、その意味で益田市西部の高津地区や小野地区は多くの伝承口碑が残っており、それが人麻呂終焉地と考えられる理由でもある。

伝承には必ず何らかの真実が隠されている。これが筆者の立場である。「歴史は事実であり、伝承は真実である」という言葉が研究をすすめる指針になっている。

人麻呂の石見相聞歌に詠まれた鴨山や石川について一考いただくために、まず島根県益田市高津町に伝わる伝承をもとにして作詞された、佐藤春夫作詞の島根県立益田高等学校校歌の歌詞を紹介する。

第一節　歌の聖と畫の聖

ふたり眠れりこの郷に
七尾山下のわが校舎
心ありてぞ門べには
濁りに染まぬ蓮植えぬ
先哲われを導くを
げに石見の春草の
夢に酔うべき身ならんや

第二節　國の歩みと世の相《すがた》

目覚めしめたりこの郷《さと》を
高津河畔のわが郷土
意気は昴《あが》りて海山に
文化新たによみがえり
興隆の時到れるを
いま石見野の秋草の
花に泣くべき日ならんや

作詞者の佐藤春夫は詩人・小説家として著名で、わが国の古典文学のみならず中国文学にも精通した一流の文学者である。

校歌には「歌の聖」「畫の聖」で柿本人麻呂と画僧の等揚雪舟、「高津河畔」で高津川（「石川」）、「石見野」で石見相聞歌の絶唱「石見のや高角山の木の間よりわが振る袖を妹見つらむか」の「石見野」が詠みこまれている。

春夫は益田高校校歌に地元の人麻呂伝承・石見相聞歌を見事に詠みこみ、古代から時空を超えて脈々と伝えられた文化の伝統を強く訴える校歌にしている。国文学と漢文学に精通した春夫が歌詞を通して伝承の正統性を訴えた意味は大きい。

というのは、彼は『万葉集』『柿本人麻呂歌集』『古今集』『新古今集』などの歌集や、賀茂眞淵・斎藤茂吉などの著書を読んだ上で、高津説の正統性を吐露しているからである。

校歌の発表会に出席した春夫は地元の人々に確信に満ちた口調で、近い将来、柿本人麻呂の終焉地が当地であることは必ず証明されます、と述べたという。げんに、事態はそうなりつつある。

『万葉集』の成立

『万葉集』の成立と時代区分と『柿本人麿歌集』について述べておく。

万葉集研究の権威である佐佐木信綱《のぶつな》はその著『新訓・万葉集』（岩波書店）の解説で、『万葉集』

は勅撰であって、編者は橘諸兄、大伴家持らとし、「万葉集の全二十巻が一人の手によって編せられたといふことは、今日一般に考えられない。（中略）ただそれらが二十巻にまとめられたについては、家持の手を経たとする考えが有力である」としている。

編集については、「万葉集一部二十巻として編成がいつ行われたのか、精密な年時は知られない。また巻ごとの成立も明らかでない。載せられた歌でも最も年代のさがるものは、天平三年正月の作である。（中略）ただ今日は、奈良時代の末、おそくも平安時代初期の成立とすることで満足しなければならない」と解説している。

近年、『万葉集』の編纂については、二つの説があって、平城天皇説と聖武天皇説とがある。しかし、万葉学者の中西進が唱えるように、聖武天皇が律令制度によって政治権力が天皇・名族から官僚に移ったことを嘆いて、事態を挽回し、天智天皇・天武天皇・持統天皇・文武天皇の時代のように天皇親政の世に戻すために勅撰和歌集『万葉集』編纂を大伴家持に命じたとする説が正しいと考える。

というのも、聖武天皇と比較して、平城天皇は在任が僅か三年で、あまりにも動機が希薄であるからである。東大寺・大仏建立のような大事業を完遂した天皇にして初めて『万葉集』の編纂は可能である。天皇親政については何でも行う気概がなければ、『万葉集』編纂のような大事業を成しえなかったであろう。大伴家持のように武門・文門の人に最終的な編纂を命じたことも幸運であった。単に文献上に「奈良帝」と出ているということだけで平城天皇の勅撰和歌集とすることはできない。

周知のように、『万葉集』は「巻一・一」の和歌、泊瀬朝倉宮・御宇天皇代・太泊瀬雅武天皇の「天皇の御製の歌」に始まり、大伴家持が「巻二十　四五一六」の和歌、「天平三年正月一日、因幡國廳に國郡司等に饗を賜へる歌一首」として「新しき年の始めの初春の今日ふる雪のいや重げ吉事」と詠んだ和歌で終わっている。四五一六首を登載した和歌集編纂がきわめて大事業であったことを示している。

さて、『万葉集』の時代区分については、概して第一期から第四期までの四期に分けられる。

第一期は舒明天皇即位（六二九年）から壬申の乱（六七二年）まで、第二期は壬申の乱後、平城遷都（七一〇年）まで、第三期は平城遷都後、山上憶良没年（七三三年）まで、第四期は山上憶良没後から大伴家持の最終歌が詠まれる七五九年までである。第一期の代表的な歌人は額田王《ぬかたのおおきみ》、天智天皇、天武天皇、中臣鎌足などで、古代歌謡の集団性を受け継ぎつつも、徐々に個性を帯びてくる。素朴でおおらかな歌が多い。

第二期の代表的な歌人は柿本人麻呂、持統天皇、大津皇子、大伯皇女、高市黒人などで、人麻呂を中心に歌風が確立、みずみずしい力強い歌が詠まれる。

第三期の代表的な歌人は山上憶良《おくら》、山部赤人《あかひと》、大伴旅人《たびと》、高橋虫麻呂、笠金村などで、個性的な歌人が多く現れ、多彩な歌風が展開される。第四期の代表的な歌人は大伴家持、大伴坂上郎女《いらつめ》、中臣宅守、狭野茅上娘子などで、政情不安で、繊細で観念的な歌が多い。

人麻呂が活躍した第二期は、宮廷を中心に和歌の価値と権威が急激に高まった時代である。特に、人麻呂は荘重な大和朝廷讃歌、天皇・皇族などの死を悼む挽歌、男女の愛を歌い上げた相聞歌を作り、宮廷歌人として詩歌の天分を思う存分に発揮した。それらの堂々たる風格をもつ和歌が日本最初の和歌集『万葉集』に重厚な権威を与えたことは議論の余地はない。

さらに、『万葉集』に収められた四五一六首の中で人麻呂が四五七首を占めており、それが全体の一〇・一パーセントにあたる。後期の大伴家持が同歌集の中で四七九首を占め、それが全体を占める割合が一〇・五パーセントであるから、初期を主導した人麻呂と後期を主導した家持が中核をなす歌人であったことは明白である。二人の和歌を合計すると、九二六首で、実に全体の二〇・六パーセントを占めている。

極論すれば、この二人の歌人が『万葉集』の成立に大きな役割を果たした。それゆえ本論は今日の人文科学的・自然科学的な研究成果に依拠しつつ、かつ古い文献を精査し、新しい科学的な研究で再検証をして、新しい人麻呂論として提起するものである。

『柿本人麿歌集』について少し触れておく。

人麻呂には『柿本人麿歌集』という歌集がある。『万葉集』に登載された『柿本人麿歌集』の総数は約四百首に及ぶが、本人の和歌以外のものが多数含まれる特色があり、人麻呂の歌才にあやかりたい歌人の和歌が多く登載されている。こんな歌集が編まれたことからも、同時代で人麻呂がカリスマ性がある、屹立《きつりつ》した歌人だったことがわかる。

歌集から秀歌といわれる歌を一首挙げると次の和歌がある。

柿本朝臣人麻呂の歌集の歌に曰く

葦原《あしはら》の　瑞穂《みずほ》の国　神ながら　言挙《ことあげ》せぬ国　しかれども　言挙ぞわがする　言幸《さき》く　真幸く　ませと　恙《つつが》なく　幸くいまさば　荒磯《ありそ》波　ありて見むと　百重《ももえ》波　千重《ちじゅう》波しきに　言挙す　われは　言挙すわれは

反歌

敷島《しきしま》の大和《やまと》の国は言霊《ことだま》の幸《さき》はふ国ぞ真幸《まさき》くありこそ

（巻十三・三二五三、三二五四）

現代語に訳すと「葦原の瑞穂の国は神の意のままに言挙げしない国だ。しかし私はあえて言挙げをする。言葉が祝福《しゅくふく》をもたらし無事においでなさいと、さわりもなく無事にいらっしゃれば、荒磯《ありそ》の波のように後にも、百重波や千重波のように、しきりに言挙げするよ。私は言挙げするよ、私は」である。反歌は「日本の国は言葉の魂が人を助ける国だ。無事であってほしいものだ」の意である。

このような言挙げの有名な和歌も『柿本人麿歌集』から採られている。『万葉集』が『柿本人麿歌集』の多様な和歌を吸収することで豊穣になったのは確かである。

第二章　持統帝の宮廷歌人

宮廷歌人としての活躍

『万葉集』所載の約五百名の歌人中で、堂々とした歌で君臨している歌人が人麻呂である。人麻呂の歌数は四五七首で、『万葉集』の実質的な撰者（編集者）と思われる大伴家持の歌数が四七九首である。両者を比較すると、人麻呂が二十二首ほど少ないが、他の歌人、例えば山部赤人、山上憶良、大伴旅人などに比べると、はるかに多い。

それゆえに、人麻呂は天武天皇、持統天皇、文武天皇の三代の天皇に仕えた万葉前期・白鳳時代の代表的な万葉歌人であったといってよい。

人麻呂が「歌聖」と敬われ、万葉集の代表的な歌人とされるのは、長歌・短歌の完成・円熟、修辞技巧の発展、完璧な表現技巧による万葉調音韻（五七調、頭韻・脚韻など）の完成、国家意識に基づく民族精神の高揚などが理由としてあげられる。すなわち、天皇から庶民まで――国民大衆から圧倒的に好感を得られる詩歌を歌い上げたのが人麻呂だった。

短歌、長歌、旋頭歌など各種の形式を使い、皇室の儀礼歌・讃歌・挽歌を作り、「高市皇子尊の殯宮の歌」「明日香女の薨去《こうきょ》を悼んだ挽歌」「近江荒都《こうと》、都を過ぐるとき作った歌」「軽皇子《かるのみこ》の安騎《あき》野《の》に宿りまししとき作った歌」「軽の市の側の妻が逝去したとき、泣血哀慟《なきかなし》みて作った歌」などの作品群を詠んでいる。

飽くことなく美を追求し、愛を歌い、彼は特異な感性で一瞬にして森羅万象《しんらばんしょう》の中に人間の真実をつかみ取って、詠むことができる希有《けう》の歌人であった。まさに、精神的、技巧的、美意識的に『万葉集』を代表する歌人であったのだ。

白鳳・奈良朝時代には「宮廷歌人」は職掌としてなかったとか、「歌所」という部所がなかったとか、種々の説があるが、正史『日本書紀』などから考えてみて、そのような正式な職掌は存在しなかったと思われる。ただ、天皇が行幸《ぎょうこう》するとき、いつも従駕《じゅうが》できる歌人を必要としていたのも事実である。特に、天皇が和歌の力で威光を高めようとした持統天皇の時代がそうであった。

天皇《すめらみこと》、雷《いかづち》の岳《をか》に御遊しし時、柿本朝臣《あそん》人麻呂の作れる歌一首

大君《おほきみ》は神に座《ま》せば天雲《あまぐも》の雷の上に庵《いほ》りせるかも
（巻三・二三五）

明らかに、大君は持統天皇のことである。人麻呂は「天皇は神であられるから、雷の丘の上に庵しておられるのだ」と歌う。和歌に「あら人神」＝即神思想、すなわち「天皇は生きながらに神である」という思想が詠みこまれている。これは白鳳時代という時代精神を表している。その意味で、人麻呂は持統天皇のお抱えの歌人であった。彼は少なくとも持統天皇十年の治世下（朱鳥元年～持統十年）では栄光に包まれていた。歌聖にとって、まさに「栄光の時代」と呼ぶにふ

さわしい時代であった。

したがって、奈良朝の万葉歌人の中に「宮廷歌人」の名にふさわしい歌人がいたことも確かで、一人挙げるならば、家持が「歌聖」といい、紀貫之がいみじくも『古今集』「仮名序」で「正三位」、「左京大夫」と呼んだ人麻呂をおいてほかにはいない。

付言すれば、人麻呂の和歌を『万葉集』から年代順に引いて、初期からずっと目を通すと、天皇・皇族に関する歌がすこぶる多い。これらの歌が詠めるのは、人麻呂が天皇の側近くに仕え、行幸の折は従駕できる特権を持ったからである。

殊に、持統天皇は天皇の権威を高めるために、三十一回の吉野宮行幸を行った。持統帝は一年で三回は必ず吉野に行幸したわけで、その行幸の重さがわかる。その和歌を詠めるのは、宮廷の側近くで天皇に仕える歌人の特権であった。奈良時代は朝野をあげて和歌を詠む風潮が高揚した時代であった。「舎人《とねり》」のような下級官吏では天皇の常にお側近くに仕え、行幸に従駕することは不可能である。

多くの歴史学者や国文学者が、天皇の側で宮廷歌人の役目を果たした人麻呂を「六位」以下の卑官としているのはおかしい。むしろ、藤原不比《ふひと》等などの権力側が後に流人として左遷した歌人を高官で処遇することを望まなかったと考えられる。したがって、人麻呂の閲歴《えつれき》は意図的に改竄されたといってよかろう。

柿本人麻呂の出身は大和族最初の拠点、葛城時代以来の名族であり、朝廷の中枢に任官するにふさわしい家柄であった。だから、持統天皇はことのほか人麻呂を寵愛し、常に側において和歌を詠ませたのである。もちろん、人麻呂の和歌の天分を存分に発揮させたいという配慮があってのことである。

人麻呂が天皇の行幸に随伴して詠んだ和歌を数首紹介する。

吉野宮に幸せしし時、柿本朝臣人麻呂の作れる歌

やすみしし　わが大君の　聞《きこ》しめす　天《あめ》の下に　国はしも　さはにあれども　山川《かは》の　清き河内《かふち》と　御《み》心を　吉野の国の　花散《ち》らふ　秋津の野邊に　宮柱　太《ふと》しきませば　ももしきの　大宮人の　船なめて　朝川渡り　舟競《ふなぎほ》ひ　夕川わたる　この川の　絶《た》ゆることなく　この山の　いや高しらす　水激《たぎ》つ　瀧《たき》の宮處《みやこ》は　見れど飽《あ》かぬかも　（巻一・三六）

見れど飽かぬ吉野の川の常《とこ》なめの絶ゆることなきまた還り見む　（巻一・三七）

やすみしし　わが大君　神《かむ》ながら　神《かむ》さびせすと　芳野川　たぎつ河内《かふち》に　高殿を　高しりまして　のぼり立ち　国見を為《せ》せば　たたなはる　青垣山　山祇《やまつみ》の　奉《まつ》る御調《みつき》と　春べ花かざし持ち　秋立てば　もみちかざせり　ゆき副《そ》ふ　川の神も　大御食《おおみけ》に　仕へまつると　上《かみ》つ瀬に　鵜《う》川を立ち　下《しも》つ瀬に　小網《さで》さし渡す　山川《かは》も　依《よ》りて　奉《まつ》れる　神の御代《みよ》かも

（巻一・三八）

山川《かは》もよりて奉《まつ》れる神《かむ》ながらたぎつ河内《かふち》に船出《ふなで》するかも　（巻一・三九）

右は日本紀に曰く、三年巳丑正月、天皇吉野宮に幸しき。八月、吉野宮に幸しき。四年庚寅二月、吉野宮に幸しき。五年辛卯正月、吉野宮に幸しき。四月、吉野宮に幸しき、といへれば、いまだ何《いづれ》の月の従駕《おほみとも》にして作れる歌なりといふことを詳かに知らず。

伊勢国に幸《さき》しし時、京に留まりて柿本朝臣人麻呂の作れる歌

嗚呼見《あみ》の浦に船乗《ふなのり》すらむをとめらが玉裳《も》の裾《すそ》に塩満つらむか　（巻一・四〇）

くしろ着く手節《たふし》の崎に今日《けふ》もかも大宮人の玉藻《も》刈るらむ　（巻二・四一）

潮騒《しおさゐ》に衣良虞《いらご》の島邊《べ》こぐ船に妹乗るらむか荒き島廻《しまみ》を　（巻一・四二）

吉野行幸はまさしく天皇讃歌の和歌を詠む絶好の機会であった。

壬申《じんしん》の乱で、持統帝の夫の天武天皇が挙兵したのが吉野で、大友皇子との戦いで大勝利し、皇位継承を確定的にした記念すべき場所であった。天皇の権威を公家・官僚・人民に知らしめるのに最適の場所を選んで、持統帝は人麻呂に天皇讃歌の和歌を詠ませたのである。

吉野の山河を讃美することは、そのまま天皇家の永遠の幸運を祈願することであった。女帝は和歌の効果を知りつくしており、最大限に活用したのである。

次の歌は軽皇子に従駕して、安騎野に宿したときに作った長歌と短歌である。この皇子は既に

述べたように草壁《くさかべの》皇子の息子、後の文武天皇である。持統天皇の直系の孫にあたる。この皇子が皇太子になる際に大津皇子の長男・葛野皇子は持統天皇のもとに行き、「天皇の直系の子孫（男子）が皇位を継承するのは当然です」と言って紛争を回避した。

爾来、天皇家では直系の長男が皇位につく慣習が生まれたという。大津皇子の子息は、紛争を上手く回避することを進言した皇子として、歴史上でその英明さが讃えられる皇子になった。（『懐風藻』）

軽皇子の安騎野《あきの》に宿りましし時、柿本朝臣人麻呂の作れる歌

やすみしし　わが大君　高照らす　日の皇子《みこ》　神《かむ》ながら　神《かむ》さびせすと　太《ふと》敷かす　京《みやこ》を置きて　隠口《こもりく》の　泊瀬《はつせ》の山は　眞木《まき》立つ　荒山道《あらやま》を　石《いは》が根《ね》の　楚樹《しもと》おしなべ　坂鳥《さかとり》の　朝越えまして　玉かきる　夕さりくれば　み雪ふる　阿騎《あき》の大野に　旗薄《はたすすき》　しのをしなべ　草《くさ》枕《まくらたびやど》　旅宿りせす　いにしへ思ひて　（巻一・四五）

現代語訳にすると、「あまねく国土をお治めになるわが大君、高く輝く日の御子。御子はさながらの神として神々《こうごう》しくおられて、立派に君臨なさる京を後に、隣り国の泊瀬の山の真木繁る荒々しい山道を、けわしい岩石や邪魔な樹木をおしわけては坂鳥の鳴く仏暁《ふつぎょう》にお越えになり、玉のほのかに輝くような黄昏《たそがれ》が訪れると、み雪ちらつく阿騎の大野に穂すすきや小竹をおしふせて、草を枕の旅宿りをなさる。懐旧の情の中で」である。

阿騎の野に宿る旅人うちなびき寐《ね》も宿らめやもいにしへおもふに　（巻一・四六）
眞草刈る荒野《あらの》にあれどもみち葉のすぎにし君が形見《かたみ》とぞ来し　（巻一・四七）
東の野にかぎろひの立つ見えてかへりみすれば月西渡《かたぶ》きぬ　（巻一・四八）
日竝《ひなみし》の皇子《みこ》の尊《みこと》の馬なめて御猟《みかり》立たしし時は来向《きむか》ふ　（巻一・四九）

それぞれ和歌は「阿騎の野に夜を明かす旅人はおしなべて寝入ることができようか。これほど昔のことが思われるものを」、「阿騎の野は草を刈るしかない荒れ野だが、黄泉《よみ》の世に去っていった君の形見として、やって来たことだ」、「東方の野の果てに曙光《しょこう》がさしそめる。ふりかえると西の方に低く下弦の月が見える」、「日並《ひなみし》御子の命《みこと》が馬を連ねて今にも出猟なさろうとした。あの仏暁《ぎょう》の時期が今日もやがて来る」の意である。

人麻呂の栄光は長くは続かなかった。持統天皇および藤原不比等などが政治の主導権を確立するために、宮廷を舞台に繰り広げた権力闘争に巻き込まれたからである。それは天皇の間近に仕える宮廷歌人の宿命であったかもしれない。

さらに、持統天皇、藤原不比等側から見れば、すでに十分に天皇の権威が確立され、官僚が天皇を補佐する律令体制が確立したので、殊更に宮廷歌人に儀礼歌を詠ませる必要がなくなった事情がある。

それを端的に証明するのは、持統帝の最後の吉野行幸で人麻呂へ詠歌の下命がなかったことである。人麻呂に没落の危機が近づいていた。

流人への暗転

人麻呂の和歌から判断して、栄光の宮廷歌人から悲劇の流人へと人生が暗転する兆しを感じるのは、『万葉集』巻二・二二〇から二二二までの「讃岐《さぬき》の狭岑《さみね》の島に石の中の死《みまか》れる人を視て、柿本朝臣人麻呂の作れる歌一首ならびに短歌」の詞がある長歌・短歌あたりからである。というのは、この歌が讃岐の狭岑の遠島地で詠まれているからである。

流刑地でそのままに放置されている遺体を見て、痛く哀れを感じている。人の運命の儚さをわがことのように凝視している。最初の妻への挽歌、そしてこの歌、人麻呂の人間の哀感への洞察は強まっている。山上憶良《やまのうえのおくら》の「貧窮問答」などの写実主義的な和歌が、多分に人麻呂の和歌から影響を受けているといわれるのが、首肯できる。

柿本人麻呂の息子、躬都良《みとら》が反逆罪で隠岐に配流された大津皇子《おおつのみこ》の変で、大津皇子は死に臨んで次の辞世歌を遺している。

大津皇子の被死《みまかりしめら》えし時、盤余《いはれ》の池の般《つつみ》にして流涕《かなし》みて作りませる御歌一首

ももづたふ盤余《いはれ》の池に鳴く鴨《かも》を今日のみ見てや雲隠《がく》りなむ　（巻三・四一六）

大津皇子は文武両道にすぐれ、容姿の端麗な貴公子であったという。それゆえ、持統天皇・藤

原不比等側からいえば、草壁皇子を次期の皇太子に擁立するため、どうしても排除しなければならない皇子であった。

直系のわが子、草壁皇子に皇位を継承をさせたい持統天皇は、同じ天武天皇の、異母姉妹の皇子である大津皇子（姉の息子）の存在に危機感を募らせたことは疑いない。そして、直系の草壁皇子の皇位継承のために、大津皇子に死刑という極刑を命じたのである。

ところが、その三年後に愛してやまない草壁皇子が若くして病死したので、持統天皇の意向で皇位は直系の孫にあたる軽皇子（後の文武天皇）に継承させることになる。持統天皇は軽皇子が幼少であったから事実上の院政を敷くことになった。

大津皇子事件に連座した柿本人麻呂・躬都良の親子は讒言《ざんげん》による濡れ衣の罪での配流であった。しかし、いつの世でも天皇継承の裏事情を深く知る者が疎外され、迫害されるのは世の常である。賢明な人麻呂父子が大津皇子の側につくはずがないではないか。誰の目にも故意に作られた罪、すなわち冤罪を負わされての配流であった。

次の長歌・反歌は華麗な宮廷歌人の生活を楽しんでいた人麻呂の人生が、一瞬にして暗転し、流人になったことを暗示するものである。前章でも述べたが、詳述しておく。

讃岐の狭岑《さみね》の島に石の中の死れる人《みまか》を視て、柿本朝臣人麻呂の作れる歌一首并に短歌

玉藻《も》よし　讃岐《さぬき》の国は　国からか　見れども飽かぬ　神《かむ》からか　ここだ貴《たふと》き　天地《あめつち》　日月と

ともに　満《た》りゆかむ　神の御面《みおもて》と　継《つ》ぎ来《きた》る　中の水門《みなと》ゆ　船浮けて　わがこぎ来《く》れば　時つ風　雲居に吹くに　沖見れば　とゐ波立ち　邊《へ》見れば　白波さわく　いさな取り　海をかしこみ　行く船の　かじ引き折りて　をちこちの　島は多けど　名ぐはし　狭岑《さみね》の島の　荒《あり》磯面《そも》に　いほりて見れば　波の音《と》の　繁き濱べを　しきたへの　枕にして　荒床《あらどこ》に　自伏《こやせ》る君が　家知らば　行き告げむ　妻知らば　来《き》も問はましを　玉ほこの　道だに知らず　おほほしく　待ちか恋ふらむ　はしき妻らは　（巻二・二二〇）

反歌二首

妻もあらば採《つ》みてたまげし佐美《さみ》の山野の上《へ》のうはぎ過ぎにけらずや　（巻二・二二一）

沖つ波来《き》よる荒磯《ありそ》をしきたへの枕とまきて寝《な》せる君かも　（巻二・二二二）

「讃岐の狭岑の島に石の中の死ねる人を視て」と書かれている情景は、石の中に死人がいるということで、流人がのたれ死にしている光景を目のあたりにしたことを言っている。この時、人麻呂は自分も流人としてこのように哀れな死に方をする宿命にあるかもしれないという想念が頭に過《よぎ》ったであろう。そういえば、「沖つ波来よる荒磯をしきたへの枕とまきて寝せる君かも」（「沖の波がおし寄せてくる荒磯を枕にして死んでいる貴方であることだ」）の反歌は、石見国高津・鴨島で死に臨んで人麻呂が歌った辞世歌「鴨山の岩根しまける吾をかも知らにと妹が待ちつつあらむ」によく似ている。

筆者はかつてインドへ旅行した折、ガンジス川の辺で遺体を荼毘（火葬）にふして、遺骨を流すのを見に行ったことがある。インドでは人が死ぬと、普通はガンジス河畔で荼毘にふして遺骨を川に流すのであるが、荼毘にふされることもなく、一体の遺体がそのまま流れているのを見た。そこで、私は側にいるインド人に「なぜ火葬にしないで遺体を流すのか」と訊いてみた。すると、そのインド人は「貧乏な人は火葬ができませんから、そのまま遺体を川に流します」と説明した。インド旅行でこんなに人の哀れを感じたことはない。

人間を含めて、万物は無常である。生死流転している。しかし、同じ人間でありながら、貧しい者は荼毘にふされることもなく彼岸へと旅立たねばならない。これが宿命というものである。私はただ茫然として蕩々《とうとう》として流れるガンジス河畔に立ちつくし、流れ行く裸の遺体に手を合わせて見送ったことだった。

これまで見たように、人麻呂は天皇への讃歌、皇室の死に際する挽歌、死せる妻への挽歌、妻への愛を歌い上げた相聞歌など、多彩な歌を作っている。しかし、これ以降の歌が心なしか哀調を帯びるのはどうしようもない。実際に本人が流刑になったからだ。

古きよき時代を偲ぶ和歌

次の歌は、人麻呂が天智天皇が造営した近江の大津の宮の荒れた跡を訪ねて、その荒廃ぶりを嘆いて作った歌である。

近江の荒れたる都を過ぎし時、柿本人麻呂の作れる歌

玉だすき　畝火《うねび》の山の　橿原《かしはら》の　日知《ひじ》りの御代《みよ》ゆ　生《あ》れましし　神のことごと　つがの　木の　いやつぎつぎに　天《あめ》の下　知らしめししを　天《そら》にみつ　大和を置きて　あをによし　奈良山を越え　いかさまに　おもほしめせか　天《あま》ざかる　夷《ひな》にはあれど　石走《いはばし》る　淡海《あふみ》の國の　ささなみの　大津の宮に　天《あめ》の下　知らしめけむ　天皇《すめろき》の　神の尊《みこと》の　大宮は　ここと聞けども　大殿は　ここと言へども　大殿は　春草の　茂く生ひたる　かすみみたつ　春日《はるひ》の霧《き》れる　百敷の　大宮処《ところ》　見れば悲しも（巻一・二九）

反歌

ささなみの志賀《しが》の辛崎《からさき》幸《さき》くあれども大宮人の船待ちかねつ（巻一・三〇）

樂浪《ささなみ》の志賀の大わだ淀《よど》むとも昔の人にまたもあはめやも（巻一・三一）

さらに、「日並皇子尊《ひなみしのみこ》の殯宮《あらきのみや》の時、柿本朝臣人麻呂の作れる歌一首并に短歌」では、

ひさかたの天《あめ》見るごとく仰ぎ見し皇子《みこ》の御門《みかど》の荒れまく惜しも（巻二・一六八）

あかねさす日は照らせれどぬばたまの夜《よ》渡る月の隠《かく》らく惜しも　（巻二・一六九）

「柿本朝臣人麻呂、泊瀬部皇女《はつせべみこ》忍坂部皇子《おさかべみこ》に献れる歌一首并に短歌」の反歌一首では、

しきたへの袖交《か》へし君玉だれのをち野過ぎゆくまたもあはめやも　（巻二・一九五）

と詠んだ。

また、「明日香皇女《あすかみこ》の木のへの殯宮の時、柿本朝臣人麻呂の作れる歌一首並び短歌」では、

明日香川しらがみ渡し塞《せ》かませば流るる水ものどにかあらまし　（巻二・一九七）

明日香川明日《あす》だに見むと思へやもわが王《おほきみ》のみ名忘れせぬ　（巻二・一九八）

と、詠んでいる。

次に、「高市皇子尊の城上《きのへ》の殯宮の時、柿本朝臣人麻呂の作れる歌一首並び短歌」や「柿本朝臣人麻呂、妻死りし後、泣血哀慟みて作れる歌二首並びに短歌」などが歌われる。

特に、「妻死りし後、泣血哀慟みて作れる歌」は哀切きわまりない。

秋山のもみちを茂みも迷《まど》ひぬる妹を求めむ山道《ぢ》知らずも　（巻二・二〇八）

もみち葉のちりぬるなへに玉づさの使を見ればあひし日思ほゆ　（巻二・二〇九）

衾道《ふすまじ》を引手《ひきて》の山に妹置きて山路を行けば生《い》けりともなし　（巻二・二一二）

去年《こぞ》見てし秋の月夜《つくよ》は渡れども相見し妹はいや年さかる　（巻二・二一四）

衾路を引出の山に妹を置きて山路思ふに生けるともなし　（巻二・二一五）

家に来てわが屋を見れば玉床《たまどこ》の外《ほか》に向きけり妹が木枕《こまくら》
（巻二・二一六）

このように、生々しく妻を亡くした慟哭の激しさを詠んだ和歌はない。夫婦愛の深さはかくばかりかと思う和歌ばかりである。特に、「もみち葉に」の一首は、晩秋の頃妻の逝去の報に接して、妻のありし日を思い出す情景描写がすばらしい。巻二・二一六は「家に来てわが家を見ると、床の外側を向いた妻の木製の枕があった。昔は、こんな風に妻と添い寝をしていたのだ」の意で、写実的で生々しい描写である。

殊に、人麻呂は夫婦を重視し、その愛を詠んだ歌人である。この事実は同時代の歌人と際だって顕著で、特質でもある。

「吉備津采女《きびつのうねめ》が死《みまか》りし時に、柿本朝臣人麻呂の作れる歌一首并に短歌」も男女の愛を歌った和歌である。

秋山の　したへる妹　なよ竹の　とをよる子らは　いかさまに　思ひをれか（巻二・二一七）
たくなはの　長き命を　露こそは　朝《あした》に置きて　夕《ゆうべ》は　消ゆと言《い》へ　霧こそは　夕《ゆうべ》に立ちて
朝《あした》は　失《う》すと言へ　梓弓　音聞く吾も　ほの見し　事悔《くや》しきを　しきたへの　手枕《たまくら》まきて
つるぎ刀《たち》　身に副《そ》へ寝《ね》けむ　若草の　その夫《つま》の子は　さぶしみか　おもひて寝《ね》らむ　悔《くや》しみ
か　おもひ恋ふらむ　時ならず　過ぎにし子らが　朝露のごと　夕霧のごと（四二）

短歌二首

樂浪《さざなみ》の志我津《しがつ》の子らが罷道《まかりぢ》の川瀬の道を見ればさぶしも（巻二・二一八）

天数《あまかぞ》ふ凡津《おほつ》の子があひし日におほに見しかば今ぞ悔しき（巻二・二一九）

吉備津《きびつ》の采女と廷臣との悲恋は世間に有名であった。采女は猿沢の池で入水自殺を遂げた。人麻呂は池で自害した悲恋物語にことのほか関心を示し、挽歌を詠んだのであった。

そういえば、人麻呂には「大和物語」にある入水した采女を詠んだ和歌がある。

吾妹子がねくれた髪を猿沢の池の玉藻と見るぞ悲しき

で、この場合は「玉藻」が「娘子」の比喩になっている。

短歌二首の意味は「楽浪の志賀津の子が世を去っていった河瀬の道を見るとさびしいことよ」「天にまで数えあげる大津の子が私と逢った日にぼんやりと見たことは、今は悔やまれることだ」の意である。

また、「柿本朝臣人麻呂麿の歌一首」に、

淡海《おうみ》の海夕波千鳥汝《な》が鳴けば心もしのに古《いにしへ》思ほゆ（巻三・二六六）

などの和歌がある。大津の宮の繁栄を回想した哀切な和歌といえよう。

つまり、人麻呂は和歌の特性として天智天皇の近江時代を古きよき時代として偲ぶ懐旧の念がつよく、「喪失したもの」の哀惜を詠むことが歌人の詩性の中核になっている。近江を詠んだ和歌や挽歌に秀歌が多いゆえんである。

人麻呂の和歌を詠むという日常的な生活の中に突然に配流の運命が起きたといえよう。悔恨のなかにあって、初めて歌人は没落した都、流刑地、死別などの光景を叙景する和歌を詠むわけである。

白鳳《はくほう》時代、人麻呂には第二の妻があったという。それは宮廷の采女との恋愛と同棲であったという。その観点から、わがことのように思える猿沢の池に入水した、吉備津の采女の挽歌について考察しなければならないだろう。

采女というのは、地方の郡の小領（豪族のこと）以上の家族から美女を選んで奉仕させた後宮の女官のことである。人麻呂は最初の妻が死んだ後、第二の妻となる采女と交際するようになり、やがて夫婦同然となったと考えられる。

廷臣と後宮の女官である采女との交情は固く禁じられており、世にいう「隠し妻」であったわけだが、研究者の中には同居していたという説をなすものもいる。ここにも人麻呂が夫婦の形を大切にする性行がみられる。

第三章　なぜ、かくも強く男女愛を歌ったか

男女愛の絶唱――石見相聞歌

人麻呂は石見に関する一群の和歌を詠み、『万葉集』に掲載された。それは万葉の男女がお互いに呼び合う、激しい愛の叫びである。古代の男女の愛はかくも激しいものだったのかと思わずにいられない。

主な和歌は次のとおりである。すでに引用した和歌もあるが、改めて紹介して吟味してみよう。

『万葉集』巻二には、次の和歌が載せられている。

柿本朝臣人麻呂、石見国《いはみのくに》より妻と別れて上り来りし時の歌二首并に短歌

石見の海　角《つの》の浦廻《うらみ》を　浦なしと　人こそ見らめ　潟《かた》なしと　人こそ見らめ　よしゑやし　浦はなくとも　よしえやし　潟はなくとも　いさな取り　海邊《うみべ》をさして　和多豆《わたづ》の　荒磯《ありそ》の上に　か青なる　玉藻《も》沖つ藻　朝羽振《あさはふ》る　風こそ寄らめ　夕羽振る　波こそ来寄れ　波のむた　かよりかくより　玉藻なす　依《よ》り寝《ね》し妹を　露霜《つゆじも》の　置きてし来《く》れば　この道の　八十《やそ》隅《くま》ごとに　萬《よろづ》たび　かへりみすれど　いや遠《とほ》に　里は放《さか》りぬ　いや高に　山も越え来《き》ぬ　夏草の　思ひしなえて　しのふらん　妹が門《かど》見む　なびけこの山

（巻二・一三一）

反歌

石見のや高角山《たかつの》の木《こ》の間よりわが振る袖《そで》を妹見つらむか　（巻二・一三二）

小竹《ささ》の葉はみ山もさやに乱《さや》げども吾は妹おもふ別れ来ぬれば　（巻二・一三三）

或本の反歌に曰く

石見なる高角山の木の間ゆもわが袖振るを妹見けむかも　（巻二・一三四）

本論の冒頭に掲げた長歌と反歌は人麻呂の和歌の中でもとりわけ有名である。その理由は『万葉集』で男女の別れがこんなにも哀切に歌われたものがないからである。抒情歌の本領が遺憾なく発揮され、高度な技法も駆使されている。

例えば、巻二・一三三では「小竹《ささ》の葉はみ山もさやに乱《さや》げども」とサ行の頭韻が踏まれている。サ音が続くことで愛しい妻と別れて都に旅行く人麻呂の寂しさが音楽的な効果を生んで心に伝わってくる。

詩行の頭に踏む韻を頭韻《とういん》といい、末尾に踏む韻を脚韻《きゃくいん》という。古来、漢詩ばかりでなく西洋詩でも頭韻と脚韻は技巧として定着している。その高等な技法が和歌に応用され、絶妙な調べを醸し出している。私たちは古代から和歌が声をあげて歌われていた事実を想起しなければならない。古代の歌垣には和歌を歌唱のように歌い、みんなで共に舞う要素があったことが想像されている。

だから、私たちは和歌の調べに合わせて歌い踊る情景を想像してみる必要がある。韻律はそのようにして発達してきたのである。どの民族でも歌と踊りが古典芸能の伝統にあったはずである。大和民族も例外ではない。なお反歌の意味は、第一首が「石見の高角山で木々の間から私が振っている袖を妻は見ているだろうか」、第二首が「小竹の葉は山に風にそよいでざわざわと鳴っているが、私はひたすら妻を思う。別れてきたばかりだから」である。

和歌に歌われた「和多豆《わたつ》」は、江津の江川北岸にある渡しで、那賀郡渡津村の渡し船場であった。したがって石見中央部の沿岸及び中国山脈の連山が題材になっている。

第二の和歌は同じ主題で次のように歌われている。

つのさはふ　石見の海の　言《こと》さへく　韓《から》の崎なる　いくりにぞ　深みる生《お》ふる　荒磯《ありそ》にぞ
玉藻は生《お》ふる　玉藻なす　なびき寝《ね》し児を　深みるの　深めて思《も》へど　さ寝《ね》し夜《よ》は　いくだ
もあらず　延《は》ふつたの　別れし来《く》れば　肝《きも》向ふ　心を痛み　思ひつつ　かへりみすれど　大
船の　渡《わたり》の山の　もみち葉の　散りの乱《まがひ》に　妹が袖《そで》　さやにも見えず　妻ごもる　屋上《やがみ》の山
の　雲間より　渡らふ月の　惜しけども　隠《かく》らひ来《く》れば　天《あま》づたふ　入日さしぬれ　ますら
をと　思へる吾も　しきたへの　衣《ころも》の袖は　通りてぬれぬ　（巻二・一三五）

反歌二首

青駒《あをごま》の足掻《あがき》を速《はや》み雲居にぞ妹があたりを過ぎて来にける　（巻二・一三六）

秋山に落つるもみち葉しましくはな散り乱《まが》ひそ妹があたり見む
（巻二・一三七）

「さ寝し夜は　いくだにあらず　延ふつたの　別れし来れば　肝向かふ　心を痛み」の長歌と、「秋山に落つるもみち葉しましくはな散り乱ひそ妹があたり見む」の反歌は男女の愛の強さと、ただならぬ切迫感が表出した相聞歌である。

相聞歌とは男と女が和歌を通して自分の心を訴え合う詩歌であるが、これほど緊迫感を感じる歌は稀である。歌われた場所は「韓（辛）の崎」（那賀郡宅野村の海）、「屋上の山」（那賀郡渡津の東の丘陵）などの地名から明らかに石見の中央部（現島根県江津市）を中心に詠まれている。

相聞歌重複の謎

さらに、『万葉集』にはこの和歌に続けて、同じ「離別」を主題にした長歌と反歌が載っている。

或本の歌一首并に短歌

石見の海　津の浦を無《な》み　浦なしと　人こそ見らめ　潟《かた》なしと　人こそ見らめ　よしえやし
浦は無くとも　よしえやし　潟は無くとも　いさな取り　海邊《うみべ》を指して　柔田津《にぎたづ》の　荒磯《ありそ》の
上に　か青なる　玉藻沖つ藻　明け来《く》れば　波こそ来寄《きよ》れ　夕されば　風こそ来寄《きよ》れ　波の
むた　かよりかくよる　玉藻なす　なびきわが宿《ね》し　しきたへの　妹がたもとを　露霜の

置きてし来《く》れば　この道の　八十隈《やそくま》ごとに　萬《よろづ》たび　かへりみすれど　いや遠《とほ》に　里さかり来《き》ぬ　いや高に　山も越え来《き》ぬ　はしきやし　わがつまの児《こ》が　夏草の　思ひしなえて　嘆くらむ　角《つの》の里見む　なびけこの山　（巻二・一三八）

反歌

石見の海打歌《みうつた》の山の木の間《ま》よりわが振る袖《そで》を妹見つらむか　（巻二・一三九）

右、歌の體同じといへども、句句相替れり。これによりて重ねて載せたり。

長歌の「玉藻なす　なびきわが宿し　しきたへの　妹がもとを　露霜の　置きてし来れば」と、玉藻のようになびく妻と一夜を共に過ごしたことを哀切に歌い、「わがつまの児が　夏草の　思ひしなえて　嘆くらむ　角の里見む　なびけこの山」と遠くやって来たので見えなくなった妻の里をもう一度見たいとの想いから、「なびけこの山」の叫びを上げずにはいられなかったのである。

「打歌の山」は「うつたのやま」といい、人麻呂終焉地の高津（現島根県益田市高津町）から約五キロばかり奥にある。現在は「大道山」と呼ばれている。

柿本朝臣人麻呂が妻依羅娘子、人麻呂と相別るる歌一首

な思ひと君は言へどもあはむ時いつと知りてかわが恋ひざらむ　（巻二・一四〇）

これも同じ和歌を別の表現で、現地妻の依羅娘子が離別に際して詠んだ、愛の激しさを伝える一首である。切ない愛を吐露した長歌に対して、現地妻の依羅娘子の詠んだ和歌は、「あなたは思

い慕うなといいうけれども、こんど逢う時がいつになるかわからないのだから、それほどにあなたを恋慕うのです」という意であり、これも妻の夫への恋慕の絶叫である。お互いに激しい愛を叫び合う、超絶技法の相聞歌である。

最近の研究によって、この歌は人麻呂が都の天皇から「赦免状」が届いたので、天皇に赦免を嘆願するため上京する際に、夫婦の間で歌われた離別の長歌・短歌であることがわかってきた。旧来のように、若い下級官吏が上京するという設定で、若い男女が歌った和歌を想像して色々な解釈がなされてきたが、状況＝シチュエーションはまったく異なっていたのである。

晩年、石見に流人として配流された人麻呂は元明天皇に「赦免」を嘆願するために上洛した際に、歌われた和歌であるからである。つまり、普通の離別と違う悲劇的な、別れの相聞歌《そうもんか》である。この事情が理解されないと、単純な恋愛歌になってしまう。この相聞歌が緊迫感が籠められた絶唱であるから、秀歌として今日まで伝えられたのである。

依羅娘子は教養ある万葉女性であった。しかし、さすがに離別に際しては、いつ会えるかわからなくて、思わず泣き叫ぶような歌を詠まずにはおれなかったのである。相聞歌の長歌・短歌はまさに男女愛の告白詩歌である。

人麻呂は奈良の都から待ちに待った「赦免状」が届いたので、恩赦で配流から解放されるのではないかとの一縷《いちる》の望みを抱いて、上京することになった。だから、妻は流人の夫の苦渋がわかっている。それだけに普段の別れと違った切ない感情の昂《たか》ぶりがあったといってもよかろう。

これまで述べてきたように、石見相聞歌には同じ主題で三種類の和歌があることがわかるが、その内容は別れに際して夫婦愛を詠んだ点では似ているが、明らかに詠まれた場所が異なり、そのことから様々に違う解釈が出てくる。

第一の説は推敲段階が違った草稿の和歌であるとする。第二の説は歌謡劇のような虚構＝フィクションであって、人麻呂が空想で詠んだ劇場型の和歌だとする。第三の説はいずれも事実を詠んだ和歌だとする。第一の説、第二の説は面白い説だが、人麻呂が流人として石見に配流されて詠んだ和歌とすると、事実から大きく逸脱し、空論としなければならない。

三種の和歌は男女の離別に際して歌われたものとして、主題は同じであるが、対象の場所が異なっている。人麻呂は実景と実体験をもとに三首の和歌を詠んだのである。

絵画でいうと、一つの主題を違った場所、違った発想で三種類のスケッチを描いている。つまり、画家がデッサンを描くように、一つの主題で三つの場所を背景にして三種類の男女愛の和歌を詠んでいる。つまり、時系列に同じ主題の三種の和歌が『万葉集』に登載されているといってよい。それゆえに、三首の和歌群は異なる推敲段階の和歌ではなく、虚構で歌謡劇化された和歌でもない。換言すると、場所は違っても、夫婦愛の真実を詠んだ同じ主題の和歌なのである。

その理由は単純に考えた方がよい。現実に、対象の山や島や海岸が存在し、歌人が詠んだ事柄と体験がある。だから、歌人は真実を詠みたい衝動につき動かされて、男女の別れの情景を歌った三種類の和歌を異なるシチュエーションで詠んでいる。これが歌人の真実である。

そう考えると、第一と第二の和歌では人麻呂は石見国那賀郡江津・都野津辺りから出発している。第三の和歌では歌人は石見国美濃郡高角村石川（高津川）辺りから出発している。これは人麻呂が流人として初期に石見中部の那賀郡国府に滞在し、後期に高津・鴨島に配流されていたとすると、ぴったりと符合する。要するに、それぞれ別の場所から妻と別れて上京する想念を詠んだ相聞歌である。しかし、実際の配流地は高角村石川の鴨島であるから、やはり出発点は戸田郷高角村（現益田市高津町）になる。いずれにせよ、この上洛の旅は配流地の高角村を出発し、そこから中国山地を越えて奈良へ向かったことになる。

『万葉集』の前期は、まだ伝承時代で和歌が口から口へと伝えられた時代である。だから、言葉に多少の異動があるのは想定内である。

那賀郡大田村庄屋・石田春律が書いたとされる『石見八重葎《いわみやえむぐら》』には「美濃郡戸田郷高角村」に「高角山」があったと記されている。したがって、都野津辺りに「高角山」があったとするのには矛盾がある。だが、伝承に正確さを求めるのは無理である。伝承の中では言葉の異動は許容せざるをえない。

白鳳時代の人々は同じテーマで異なる場所で歌われた三首の和歌にさほどの矛盾を感じなかっ

たのではないか。どの歌が正しいと問いただすより、どの歌も正しいとする方が当時の「真実」であると考えねばならない。人麻呂が往来した石見中央部・西部を俯瞰した和歌である。

一番重要なことは、これらの和歌が何時、どのように詠まれたかを問うことである。

人麻呂の晩年は流人生活であって、居住地域もせいぜい石見国府から美濃郡戸田郷高津・鴨島までに限られていた。仮に那賀郡伊甘郷下府村に石見国府があったとすると約四十キロメートル（十里）の距離にすぎず、徒歩で約一日、騎乗で半日の行程に過ぎない。したがって、江津を含めてもこの地域は全体として同一地域と捉えることもできるのである。古代にあっては、これらの地は異なる場所というより、石見地方中・西部の同一地域と理解されていたと考えてよい。

旧来の説は万葉学者がことさらに話をむずかしくしているとしか思えない。むしろ、人麻呂・依羅娘子夫婦にこの上京が「大赦」嘆願という人生上で大切な旅であったことへ深い洞察をめぐらすべきである。人麻呂は必死の思いで離別の感懐に耐えて、絞り出すような口調で慟哭の歌を詠んだのである。そこに思いが至らない人はこれらの和歌の真実に触れることはできない。焦点は異なる場所ではなく、同一の主題で歌われた和歌群であるということになる。

人麻呂の臨死歌、依羅娘子の挽歌

人麻呂の流罪の理由は、隠岐に遠島された息子・躬都良の大津皇子の変の「連座」であった。

『続日本紀』によれば、元明天皇は大赦はすべての罪を赦すものであるが、「叛逆罪」だけは大赦の適用外であるとの通達を出しており、赦免の望みは実現しなかった。

それ以後、人麻呂は播磨国明石や河内国多々良宮において蟄居・謹慎し、しばらく長門国大津郡油谷村で滞在し、ついには高津・鴨山に戻り、臨死となる。死因には病死（斎藤茂吉説）とか、入水《じゅすい》（梅原猛説）の刑死とか、さまざまな説がある。地元の伝承は病死である。

周知のように、茂吉の病死説とは『続日本紀』に記されている天然痘の蔓延が原因である。他方、梅原がいう入水は「入水の刑」で、湖沼や海に入って死ぬ刑で、ある意味で凄惨な処刑である。藤原不比等の非情な目は石見の僻地の人麻呂にとどいていたことになる。

　柿本朝臣人麻呂、石見国に在りて臨死《みまか》らむとせし時、自ら傷み作れる歌一首
　鴨《かも》山の岩根しまける我をかも知らにと妹が待ちつつあるらむ　（巻二・二二三）

辞世歌は「鴨山の岩を枕にして死ぬ私であるのに、そのことを知らないで妻は待っているのであろうか」という意である。都から遠く離れた「夷《ひな》」の地で、かつて中央で宮廷詩人として華々しく活躍した歌人が妻に遺した辞世歌である。歌に一抹のもの悲しさが漂うのはいたしかたあるまい。

「妹が待ちつつあるらむ」には無念の気持ちさえ感じられる。人麻呂は寵愛を受けた持統天皇や文武天皇の「赦免」を信じていた。だが、果たされなかった。ここでも藤原不比等の非情な工作

がうかがわれる。文武天皇は何度も不比等に「可哀想だから、人麻呂を赦免してやろう」といったかもしれない。それに対して、不比等は「絶対に赦免はなりません」と断固として赦免を許さなかった。

つまりは、人麻呂に長子・躬都良による反逆罪の「連座」との決定をくだしたのである。その背景には文武天皇の后《きさき》が不比等の娘であるという事情があり、不比等には藤原氏の繁栄のために何としてもこの律令体制を守り抜いてみせるという固い決意があった。

柿本朝臣人麻呂の死《みまか》りし時、妻依羅《よさみの》娘子の作れる歌二首

今日今日《けふけふ》とわが待つ君は石川《いしかわ》の貝《かい》（一云、谷に）に交《まじ》じりてありといはずやも　（巻二・二二四）

直《ただ》の逢ひは逢ひかつまじし石川に雲立ち渡れ見つつ偲《しの》はむ　（巻二・二二五）

第一首は人麻呂逝去の報に、妻依羅娘子の歌った挽歌で、和歌は「今日は今日はと私がお待ちしたあなたは、石川（高津川）の貝に交じっているというではありませんか」の意であり、第二首は「じかに逢いたいと思いますが、逢うことはできないでしょう。せめて石川に雲が立ち渡りますように。その雲を見ながらあなたを偲びますから」の意である。

筆者は和歌の考証によって、「貝」は貝であり、「谷」を採用しない。万葉歌人はまぎらわしい表現を使用しない。添え書きに「谷」と記した編者の意図が何にあるかわからないが、権力者側

のかく乱工作の可能性がある。最近、奈良県立万葉文化館名誉館長の中西進は朝日新聞紙上で連載している「万葉こども塾」の記事（『朝日新聞』、二〇一四年（平成二十六年）三月二十二日発行）でこの和歌を取り上げ、「今日帰ってくるか今日帰ってくるかと毎日待っているあなたはいま石川の貝にまじって死んでいるにちがいない」と現代語に訳している。

縄文時代から日本人は貝塚に遺骨を埋葬する風習があり、貝の中で人骨はよく保存されることを知っていて、死後の永遠の祈りを託したのだと説明している。

中西は以前は茂吉の鴨山説を信奉していた学者として知られる。しかし近年の民俗学的の成果にもとづいて、中西は「谷」説から「貝」説に転換したのである。ここでも茂吉などが恣意《しい》的に解釈した「谷」説は完全に否定され、今や湯抱・鴨山説は根拠を失い、砕け散った感がある。この一事からみても、茂吉の鴨山説が信用できないことを示している。

最近、『日本書紀』や『続日本紀』が政界の黒幕であった藤原不比等らによる捏造《ねつぞう》・改竄された書であることが明白になりつつある。柿本人麻呂や大伴家持が冤罪で流人にされ、位階を剥奪された事実によって、現在、『万葉集』についても不当な変更・改竄がなされていると疑ってみる必要が出てきた。

果たして、人麻呂を流人として石見の辺地に配流した側にも痛切な悔恨の情があったのであろうか。その意味で、重臣の丹比真人《たじひのまひと》の次の挽歌は意味深長である。

丹比真人、柿本朝臣人麻呂の意《こころ》に擬《なぞ》へて報《こた》ふる歌一首
荒波に寄りくる玉を枕《まくら》に置き吾《われ》ここにありと誰か告げけむ　（巻二・二二六）
或本の歌に曰く
天《あま》離かる夷《ひな》の荒野《あれの》に君置きて思ひつつあれば生《い》けるともなし　（巻二・二二七）
右の一首の歌、作家いまだ詳らかならず。但し、古本はこの歌をこの次に載せたり。

七〇九年（和銅二年）、石見鎮所（島根県益田市三宅町にあった古代の屯倉＝米穀集積所）に来訪した丹比真人は、石見国美濃郡高角村（現島根県益田市）の大塚・中須連丘に立ち、挽歌一首を詠んだ。真人が人麻呂の身になって詠んだ挽歌である。「荒波に寄せてくる玉石を枕にして、私はここにいると誰に告げたらよいであろうか」という意で、悲哀な歌である。併せて、ある本には「都から遠い辺地の荒野にあなたを放置して、あなたのことを思っていると、生きた心地もしません」と詠んだ和歌があるとしている。

妻は三人、依羅娘子は現地妻

『万葉集』巻七には、邇摩郡の三瓶山麓、浮布池で詠んだ人麻呂と現地妻の歌が四首載っている。これらは『柿本人麿歌集』の転載である。
浮布池に関する歌は下記の通りである。

大穴道《おほあなみち》少《すくな》御《み》神《かみ》の作らしし妹背の山は見らくしよしも　（巻七・一二四七）
我妹子《わぎもこ》と見つつ偲《しの》はむ沖つ藻の花咲きたらば我に告げこそ　（巻七・一二四八）
君がため浮沼《うきぬ》の池のひし採《つ》むとわが染《し》めし袖ぬれにけるかも　（巻七・一二四九）
妹がため菅《すが》の実《み》採《と》りに行きし我を山路にまどひこの日暮らしつ　（巻七・一二五〇）

右の四首は、柿本朝臣人麻呂の歌集に出たり。

おそらく、人麻呂と現地妻が石見国府を出発し、一日を三瓶山に遊んだときに詠んだ和歌である。

宮本巌は実地踏査によって、人麻呂と依羅娘子が騎乗して仁万の宿舎を出発し、三瓶山麓にある浮布池に散策したとすると、日帰りも可能であると報告している。巻七・一二四九の和歌は、「君のために浮沼の池に生えている菱を採ろうとして、私が染めた衣の袖が濡れたことだ」といっている。濡れた袖は、色が褪せたであろうが、着物を染めた女心の一途さが感じられる歌である。人麻呂は妻にこんなに慕われる幸せ者であった。ここにも夫婦愛の形を大切にする人麻呂がいる。

古代の浮沼池は、現在は「浮布池《うきぬののいけ》」というが、六八五年（天武天皇・白鳳十四年）に大噴火が起き、三瓶山が今のように三峰に分かれた。その時に麓にできたのがこの池であると伝えられている。大田市佐比売・池田原の池である。

人麻呂の妻はいったい何人いたかについては、茂吉などは多くの女と交渉があったとするが、『万葉集』の和歌を仔細に調べてみると、大和時代の妻が二人、石見時代の妻が一人の、合計三人と考えられる。

すでに述べたが、最初の妻は挽歌『万葉集』(巻二・二一〇)に詠まれた女で、大津皇子事件で隠岐に流された柿本躬都良の母である。第二の妻は宮廷に勤めていた采女(女官)で、同居していたといわれる。女官は天皇の側に仕えるのが役目であるから、一般の官人と交際することを禁じられていた。人麻呂は女官と許されぬ恋愛に陥ったのであろう。

そのほかに、交渉のあった女もいたであろうが、彼の和歌に登場していないので、この辺りが妥当である。

なお、前の項で述べたように、奈良時代、普通の官吏は都の妻を任地に連れて行くことが禁じられていた。したがって、石見に依羅娘子(石見娘子)という現地妻がいたとしてよい。しかし、例外的に、大官は妻を都から同伴して任地に行き、一緒に住むことは許されていた。

『石見八重葎』が伝えるように、石見国府に近い都野津の大領の娘子、依羅娘子が有力なことは間違いない。

伝承は記紀のような公式文献と異なり、あくまでも伝聞であり正式に認めることには限界がある。

柿本人麻呂の生涯を解明する調査研究の中で、持統天皇・藤原不比等らが正史『日本書紀』『続日本紀』を歪曲、改竄し、真相を隠蔽したことが明白になった。白鳳時代以降一三〇〇年にわたって、権力者・官僚・歌人・国文学者らは真相の隠蔽工作に加担し、今日に至っている。日本の国柄を考えると、暗澹たる気持ちになる。

桜井満著『柿本人麿論』付録「柿本人麿関係社一覧」の実態調査によると、現在、全国の柿本人麿神社は二百五十二社である。この神社数は菅原道真を祀《まつ》る天満宮（天神）に匹敵する数で、古来、人麻呂がいかに日本人に崇敬されてきたかを証明している。

昔は、悲劇性が強い神ほど霊力がつよく、信仰の対象にされたことは、現在、日本民俗学の大きなテーマになっている。

柿本人麿神社は第一義的に固有の詩歌である和歌の神・柿本人麻呂を祀る神社である。「和歌・学問」の神から今では「五穀豊穣」「病気平癒」「安全回避」の神にもなっているが、全国で「人丸さん」の愛称で呼ばれる神として信仰の的になっている。

真実は必ず顕れるものである。心ある学者の不断の努力によって、さらに柿本人麻呂の全生涯が解明されることを心より願うものである。すべての観点から、人麻呂の終焉地の条件が揃っているのが「石見国・高津」である。

時系列的に史実を見ると、高津・柿本人麿神社の歴史は次のごとくである。

奈良時代に、聖武天皇が大僧正の行基に命じて、高津・鴨島に柿本人麿神社を建立した。全国に東大寺の分院、国分寺・国分尼寺が建立された同じ時期、あるいはそれ以降に、全国の人麻呂ゆかりの地にも神社が建てられたと思われる。この時代、聖武天皇に協力したのが行基であった。この功績によって行基は宗教界の最高位である大僧正に栄進し、絶大な力を発揮した。

実は、人麻呂は播磨国の明石、河内国の多々良宮、さらに長門国（長門市）に移動している。（『防長風土記注進案』）

そこから終焉地の高津・鴨島に向かい、死に臨むことになる。『防長風土記注進案』の文中に「人丸左遷《させん》闇《やみ》晴れて」とあたかも配流から解放されたように書かれているが、『続日本紀』の元明天皇の大赦に関する通達から判断して、実際には同地でも流人の生活を送ったと考える方が自然である。今日の法令や通達の実施状況からみても、いったん決まった法律や通達を変更することはない。それゆえに、元明天皇が出した、反逆罪には「大赦」を適用しない通達は厳格に守られたと考えるのが常識である。

高津・柿本神社は全国に二百五十二社の頂点にある神社で、「総社」「本社」の名で呼ばれている。柿本人麿神社と呼ばれる神社は、県別では山口県が九十三社ともっとも多く、次いで島根県が三十四社で二番目に多い。総社の柿本人麿神社（旧美濃郡高津村大字高津字鴨山）のある島根県益田市には十二社があり、集密度では群を抜いて高い。

人麻呂は大津皇子の変で隠岐島に遠島になった息子の躬都良に「連座」する形で、石見国美濃郡戸田郷高角村の鴨島（現島根県益田市高津町）に配流になり、そこで逝去した。その終焉地はまさに島根県益田市の中島・大塚・中須連丘であり、高津・柿本人麿神社が「総社」として正統であることがわかる。

七〇九年（和銅二年）、聖武天皇の重臣・丹比真人が石見国高津の人麻呂終焉地（現在、益田市大塚・中津連丘）に立ち、「荒波に寄りくる玉を枕《まくら》に置き吾《われ》ここにありと誰か告げけむ（巻二・二二六）」の挽歌を詠む。

七四〇年代に、聖武天皇が大僧正の行基に命じて、同地に宏壮な柿本人麿神社を建立した。これ以後、全国の人麻呂ゆかりの地にも神社が建てられたと思われる。聖武天皇が東大寺分院として全国に国分寺、国分尼寺を建立する詔《のりと》を発した頃に、全国の人麻呂ゆかりの地に柿本人麿神社が建立されたと推定できるからである。

一〇〇五年以前に成立した『新古今集』（第三勅撰和歌集）に、後鳥羽上皇は「石見潟高津の山にくも晴れてひれふる峯を出づる月かげ」と高津を題材にした和歌を詠んでいる。

鎌倉時代の一〇二六年（万寿三年）の地震・大津波で、聖武天皇が勅命で建立した柿本人麿神社があった鴨島が崩落・消滅したので、地元の村民が御神体が漂着した高津・松崎に神社を再建した。

一五八七年（天正十五年）、すなわち安土桃山時代・天正年間（豊臣秀吉の治世）に丹後国十万石の大名で、歌人の細川幽斎が海路で九州に旅する途次、高津・松崎の柿本神社を参詣している。

一五九八年（慶長三年）、大森銀山奉行・大久保長安が高津・松崎にあった柿本神社を改築した。

江戸時代の一六八一年（延宝九年）には、津和野藩主の亀井茲政が高角山（吉見氏の中世武将・高津長幸の城址跡）に壮麗な社殿を再建した。後に鴨島の鴨山にちなんで「鴨山」と称した。

一七二三年（享保八年三月）、高津・柿本人麿神社は美濃郡戸田郷高角村高角山の柿本神社で千年忌を挙行した。この時、朝廷は人麻呂に「柿本大明神・正一位」の最高神位を贈位した。

一八一一年（江戸時代中期）に高津・松崎の柿本社跡に高角村の村民が「芝山卿御碑文」を建立し、正二位前権中納言の藤原持豊が撰文を書いた。この間、天皇家から多くの和歌が奉納された。

近代になって、佐佐木信綱、島崎藤村ら多くの文人が高津・人麻呂神社を参詣し、和歌を奉納した。

驚くことに、今日に至ってもなお、わが国の国文学会・和歌学会では、人麻呂の石見配流や石見相聞歌がフィクションで、空想の産物に過ぎないという論が主流である。その理由がなんと「飛鳥・奈良時代に歌人がフィクションとして和歌を詠むのが当然のように行われた」というのだから、頑迷固陋もいいところである。

以上に記した歴史的事実にもとづいて神社の由緒の正しさは十分に証明されている。だが、遺跡の発見までは至っていない。神社の遺跡を証明する人工物がまだ発見されていないからである。これが、当面の調査研究の段階である。

人麻呂は『万葉集』を代表する歌人である。彼の堂々とした、壮麗な和歌が歌集の中核として歌集に威厳を与えているといっても過言ではない。

人麻呂の石見相聞歌は単なる離別の男女愛の呼び合いとしてだけ捉えるべきではない。それは遠島による悲哀が籠められた男女の悲痛な愛の叫び合いであり、いわれのない罪で配流に貶《おと》められた悲劇の相聞歌である。

では、中世から現代まで、高津・人麻呂社に参拝した著名な文人たちがこの神社についてどのような感想を抱いたのか述べることにする。

第四章　石見を訪れた文人

高津・柿本人麿神社への文人の参拝
―細川幽斎から島崎藤村まで―

人麻呂を慕って石見を訪れた文人は多い。細川幽斎、佐佐木信綱、島村藤村、土屋文明、斎藤茂吉、尾上紫舟、内山逸峰、木下利玄らである。文人の大半が高津・柿本人麿神社を参詣している。朝廷から勅命で全国で最初に柿本人麻呂墓地として建立されている神社であるから、高津の神社は全国の「本社」・「総社」と最高の格付けで呼ばれているのは当然である。。

しかし、近代歌壇の大御所・斎藤茂吉が朝廷から勅命で建立された神社であるにもかかわらず、『柿本人麿』（岩波書店）で湯抱・鴨山説を発表した後は、その影響で高津社へ参詣する人が少なくなったのも事実である。梅原猛は茂吉説が及ぼした影響を推測し、その著『水底の歌―柿本人麿論―』に地元・高津の人々の悲嘆がどれほど大きなものであったかと思うと胸が痛むという趣旨のことを書いたが、事態はその通りだった。

平安時代から室町時代にかけて、藤原定家のような著名な文人や歌人が石見・高津を詠んでいる。特に、人麻呂の和歌に詠まれた「石見潟」が、歌人の間で中古から「歌枕」として詠まれた。

その用い方は、叙景的ではなく抒情歌として比喩的に装飾語の枕詞として用いられている。

いはみがたふけゆくままに月ぞすむたかつのやまにくもやきゆらん　藤原定家

石見がた岩打浪《なみ》の松にたてるこえも高津の浦風《うらかぜ》ぞふく　正徹

石見潟山も高津の浦《うら》なみにひれふる袖や霞なるらむ　正徹

どの歌も、「石見潟」を第一句において、石見潟を鮮明にさせておいてから、「高津の山」「ひれふる峯」が詠みこまれているが、高津が三首に詠まれて第一位である。

「高津の山」はどの山であろうか。「高津の山」は「高角山」(石見国美濃郡戸田郷高角村石川・鴨島にある鴨山)と同じ山で、後鳥羽院の御歌からすると「ひれふる峯」の近くに位置する山であるから、島根県益田市西部の高角山である。前項で述べたように、後に地元民によって神社は高津・松崎、さらに亀井氏によって高角山に改築される。この山は中世に吉見氏の武将、高津長幸が城を築いた山城趾で、江戸時代になって津和野藩主の亀井茲政がこの城址に建立した立派な神社であった。その後、万葉時代の呼称にちなんで「高角山」を「鴨山」と呼んだ。

時代が中世末期になるが、丹後十万石の大名で、歌人の細川幽斎が海路で日本海上を九州に下るとき、船で浜田を発し、途中、海上から人麿神社を見やって、『九州道の紀』で次のように和歌を詠んでいる。

移《うつ》り行く世々をへぬれど朽《く》ちもせぬ名こそ高つの松の言のは

また、益田市の東方に「比礼振山《ひれふるやま》」という山があるのを併せ考えると、この「高津の山」「ひれふる峯」は、益田地方の山である。

国文学者の小原幹雄は島根県邇摩郡仁万町（現大田市仁万町）の出身であるが、「石見国府」を那賀郡伊甘郷下府村とし、人麻呂の石見相聞歌に詠まれた「石見潟《いわみかた》」を都野津・江津周辺としたが、さすがに「高津の山」「石見潟」の和歌は島根県益田市高津町周辺を詠んだ歌としている。小原は和歌の地名に沿って解釈することで、学者としての矜持を守ったのである。

『広辞苑』によれば、「潟《かた》」とは「遠浅の海で、潮がさせば隠れ、ひけば現れる所。干潟」とある。潟は奈良朝時代の高津川河口辺りにできた「高津内海・入江」のことで、人麻呂は石見沿岸でも「潟」「浦」の条件を満たす場所が少なかったので「潟無し」「浦無し」で詠んだのである。それでも石見相聞歌にあるように、鯨《いさな》が回遊し、鯨捕りが盛んであった。アユ（鮎）、スズキ（鱸）、ボラ（鯔）、サケ（鮭）などの魚介類が豊富で、特にシジミやハマグリなどの貝が沢山棲息する内海であり、汽水湖であった。

冒頭にあげた歌人の大多数が、高津・柿本人麿神社を参拝し、歌聖の往時と終焉を偲んでいる。ところが、今まで茂吉のように疑問を抱いた歌人は一人としていないのである。この事実でも彼がきわめて特殊な人物であったことがわかる。

茂吉より三年前に高津・柿本人麿神社を参拝した島崎藤村は、後に述べるように大阪朝日新聞から依頼されて書いた旅行記『山陰土産』で中島宮司の説明を聞いて、肯定したばかりでなく、神社経営は苦労も多いだろうと同情すらしている。

一五八七年（天正十五年）、細川幽斎は船便で出雲・大社を発って石見国五十猛《いそたけ》（現島根県大田市五十猛）に着き、そこで一泊し、翌日、そこから大森銀山に上り、温泉津、浜田、益田・高津をへて長門国に入っている。

その途次、『九州道の記』に次の一文を残している。

七日、浜田を出て行くに、高角といふ所なりと言ふを、舟より見やりて、

　石見潟たかつの松の木の間よりうき世の月をみはてぬるかな

と、人丸の詠じたこと思ひ、出でて

　移り行く世々をへぬれど朽ちもせぬ名こそ高つの松のことのは

と記して、船上から人麻呂に敬意を表して、長門国に入るのである。

ところが、幽斎の家集『衆妙集下』には、

　二十五日益田へ舟をよせて、たかつの人丸御影堂尋ねまかり拝み奉りて旅館に帰り暁《あけ》がたにおもひよりける。

　あふぎ見むたかつの松の木の間よりむかしをのこす在明《ありあけ》の月

と、和歌一首を記している。

幽斎は二度目の旅では高津（幽斎が「高角というところなり」と記していることに注意してほしい）に上陸し、人麿神社の参拝を果たしたわけである。文中に「人丸御影堂」とあるのは、明らかに高津・松崎に建立された人麻呂の祠《ほこら》のことであり、幽斎は一〇八二年（万寿三年）の地震・津波で没した第一の神社の後身として建てられた第二の神社に参詣したことになる。

このように、奈良時代より戦国大名の細川幽斎をはじめ著名な歌人は高津・柿本神社に参詣し、和歌や紀行文を書き残している。奈良朝時代から、高津・鴨島が人麻呂終焉の地として公認されていた証左である。中世末期に細川幽斎のような有名な歌人がわざわざ九州への旅の途中に高津・人麻呂社を訪ねている一事でも、全国で高津（高角）が人麻呂終焉の地として公認されていたことがわかる。

江戸時代に活躍した浮世絵師・安藤（歌川）広重《ひろしげ》の『六十余州名所図会』には、石見国の名所として「石見、高津山、塩浜」と題して日本海側から柿本人麿神社のある高津山や砂浜の塩田風景を描いた浮世絵が載っている。この浮世絵集は一国一名所という企画で、出雲国は「出雲、大社」で、石見国では「高津」であった。それほどまでに歌聖の終焉地として「高津」の知名度が高く、全国に知れわたった名所で、現在でいう、有名な観光地を指すパワースポットであった。

島崎藤村『山陰土産』の「高角山」

一九二七年（昭和二年）七月八日から同月十九日までの十二日間、詩人で、小説家の島崎藤村が『大阪朝日新聞』より紀行文を書くように依頼され、山陰地方の兵庫県、鳥取県、島根県三県を画学生だった次男鶏二と一緒に旅行した。前に述べたように、斎藤茂吉は一九三〇年（昭和五年）十一月に訪問しているから、それに先立つ三年前になる。

この時、藤村は城崎《きのさき》温泉、鳥取、三朝《みささ》温泉、倉吉、米子、松江、美保関、境港、杵築《きつき》（出雲大社）、益田（高津・柿本人麿神社）、津和野（森鷗外旧居）の各地を巡った。しかし、なぜかわからないが、大田、江津、浜田には立ち寄らなかった。おそらく、益田市高津町の柿本人麿神社と鹿足郡津和野町の森鷗外旧居の訪問が主目的であったからであろう。

旅行記『山陰土産』の「高角山」の章には、高津町の柿本人麿神社を参詣した様子を次のように描いている。

　高津の町にある高角山は、石見の旅に来て、柿本人麿の昔を偲ぼうとするものに取り唯一の記念の場所である。高津は益田から一里ばかりしか離れていない。益田から吉田まで行けば、それから先には高津行きの自動車があつて、高角山のすぐ下まで出られる。

人麿に行かうとするには、万葉集を見るに越したことはない。万葉集こそ人麿の遺跡である。同じ石見にある昔の人の跡とは言っても、畫僧としての雪舟と、歌人としての人麿とでは、遺したものが違ふ。したがって訪ねて行く私達の気持も、おのずから異なるわけである。私達はあの万葉集の中に出ている石川（即ち高津川）を眺望の好い位置から望んで見たらばと思ひ、人麿終焉の地として古歌にも残つている鴨山が今でも変わらずにあるかと思つて、それを見に行くだけでも満足しようとした。

藤村の場合、益田における最初の訪問が旧益田の画聖雪舟ゆかりの寺院である医光寺・万福寺であったことが幸いした。というのは、このことが藤村の人麻呂理解に役に立ったからである。彼は万福寺で一〇二六年（万寿三年）に起きた地震・大津波で流された三体の仏像を見学し、津波のすさまじさを目の辺りにすることができたのである。

当然、その体験から一瞬にして水没した人麻呂終焉地・鴨山があった鴨島を想像することができたし、高津から旧益田までの平野がかつては内海（入江）・湖沼であって、高津川・益田川が押し流す土砂や長年の風砂が堆積して中島・大塚・中須連丘と陸地が繋がった半島になったことを容易に理解できたからである。

さらに、藤村は次のようにいう。

千二三百年の長い歳月が、全くこの辺りの地勢を変へたといふのはありそうなことだ。私達は既に益田の方で万寿年間中の大海嘯のことを聞き、あの万福寺の前身にあたるという天台宗の巨刹《きょさつ》安福寺すら、堂中のすべてが流失したことを聞いて来た。益田から見ると、一里も海岸の方へ近いこの地方が、どんな大きい災害を受けたか想像するに難くない。内濱外濱の数千の民家は皆跡形もなくなつて、広い入江も砂土に埋没し、地形は全く変わつてしまつたといはれてゐる。高角山にある柿本神社の境内は人麿の墳墓の地でないまでも、古くからその霊が祭られたところで、私達はその話を神社の宮司からも、高津の町長隅崎《すみざき》君からも、そこまで同行した益田の大谷君からも聞いた。

私達はその東屋の外をも歩いて、松林の間に青い空の見える東の方を望んだ。領巾振《ひれふる》山がその方角に見えた。峯のかなたには白い雲も起つていた。青田つづきの村落までも遠く見渡すことが出来るやうな西の方へも行つて立つて見た。高津川はそこに流れていた。

このように述べてから、藤村は人麻呂が詠んだ次の五首の秀歌を書いている。

石見のや高角山の木の間よりわが振る袖を妹見つらむか
ささの葉はみ山もさやにさわげども吾は妹おもふ別れ来ぬれば
青駒のあがきを速み雲居にぞ妹があたりを過ぎて来にける
秋山に落つるもみじ葉しましくはな散りみだれそ妹があたり見む
鴨山のいは根しまける吾をかも知らにと妹が待ちつつあるらむ

続けて、紀行文は次のように綴られている。

これらの古歌を連想させるやうな遠い昔の地勢は、どんなであつたらうか。今は鴨山もない。海嘯のために没したその一帯の地域からは、人工の加へられた木片、貝殻、葦の根などの発掘せらるることがあるといふ。昔は一面の入江であつたといひ伝えられるところには、豊かな平野が私達の眼の前にひらけてゐた。この辺の周囲はそんなに変つてしまつた。私は高角山にある古い松の間をめぐりめぐつて、いつそう立ち去りがたい思ひをした。

藤村は宮司ら地元の人々が語る話に耳を傾け、肯定的に受け入れている。藤村と茂吉の人麻呂終焉地に対する態度の相違があまりにも大きいのに驚く。

藤村の旅行記を読むと、一概に中島宮司の斎藤茂吉に対する説明が悪かったと断ずることはできない。藤村や大多数の歌人が宮司の語る伝承に賛同している。茂吉一人だけが伝承を素直に受け入れない。これでは茂吉の精神状態がそうさせているとしか言いようがないのである。人麻呂終焉地・高津説に声高に異論を唱える茂吉の態度には、藤村のような謙虚さと、穏和さ、ひいては理性が微塵もみられない。

なお、藤村には柿本人麿神社を参拝した際に墨蹟帖に記した奉納歌がある。

　山陰の旅に来たりて
古き歌の聖が永眠の地を踏みて今更乍ら言葉の力思ふ
この和歌は「歌聖が永眠する地を踏んで、今更ながらに言葉の力を感じた」という感動的な一首である。藤村ならではの和歌で、誰もこんな含蓄のある和歌は詠めない。

参考までに、木村晩翠著『石見物語』所収の「柿本人麿神社奉納歌のさまざま」から、近代になってから、神社の墨蹟帖に書かれた著名な学者・文人が奉納した和歌と俳句を紹介しておく。

幾十とせ詣てまくも比したかつのや神のみ阪を畏みのほる　佐佐木信綱

歌の神いつく宮居におろかめは老松風の音さやさやに　同

石見野や高角山の春雨にぬれてけふはも詣てつるかな　坂　正臣

天に歌地に筆草の榮かな　江見水蔭

老鶯や人丸の宮のほとりより　原　石鼎《せきてい》

筆草や高津の濱の冬日影　野津嘲水

石見野や高角山にひれふりて妻よはしけむひしりをそ思ふ　蘆屋盧村《そん》

もろもろにあけつらへども詣て来てたゝたふとくそわれは額つく　山下陸奥

　高角旅舎に春雨を聴て　千家尊宣

そのかみのかゝる夕を人麿のきかしけむ春の雨のよろしも

この春は高角山のあとゝひぬ都の花の盛りなれとも　持明院基哲

かすみたつ高角山にさきをゝるはなのかをりの高くもあるかな　同

あふらなの半《なかば》みとなる野をゆきてにこりを見する初夏の野は　尾上八郎

しきしまの大和心をたねとして我もことはの花をたつねん　本山彦一

荒海に松の落葉やお元日　長谷川零餘子

このように、著名な文人が古代より中世を経て今日に至るまで高津・柿本人麿神社に参詣して、和歌を奉納している。

重ねていうが、長年にわたって全国的に高津が人麻呂の終焉地として認められてきたにもかかわらず、中島宮司の懇切丁寧な説明を解せず、茂吉が否定的な態度をとったことはきわめて異例のことといってよい。

その後、中島宮司は東京の斎藤邸に茂吉を訪ねたが、彼は神社の社格を上げることには賛同して署名したが、人麻呂終焉地の持論をまったく変えようとしなかった。歌誌『アララギ』の編集者、歌集『赤光』『つきかげ』などの歌人、すでに中央歌壇において隠然とした権威を確立していた茂吉は、自分の威光に過剰なまでに自信があった。何とも異様である。

人麻呂が詠んだ和歌に「高角山」という山がある。奈良時代の律令制下で石見国美濃郡戸田郷高角村にあった山である。高角村の中心にある山が「高角山」であった。梅原猛はその著『水底の歌―柿本人麿論―』で、「高角山」は「高津の山」の転訛であるとしたが、必ずしもその説明は妥当とはいえない。というのは、高角村にある山が「高角山」と呼ばれて当然だからである。『石見八重葎』及び『石見風土記』に「高角村」は固有名詞として使われているのだから、「高角山」

も固有名詞であると考えてよい。

おそらく、人麻呂が高角村から都の奈良に行く行程は、陸路では徒歩・籠・騎乗で高角村―津和野―山口―周防（約六十キロ＝約十五里）、あるいは高角村―六日市―廿日市（約八十キロ＝二十里）、そこから船便で難波に旅するのが最短行路である。ある歴史家から聞いたが、今でも廿日市辺りの住民は人麻呂がこのコースを通ったという伝承を信じているという。

これはあくまでも仮説であるが、ある学者のいうように、那賀郡国府から山陰街道を大宝律令に定められた駅鈴制度を遵守して上洛したとする説よりはるかに柔軟・便利であり、説得力がある。現在でも、個人が旅行する場合、いかに短い距離を、短時間で行くかを考えるのは当たり前ではないか。

室町時代に、細川幽斎が日本海の海路で九州に行く途次、高角村松崎の柿本人麿神社を参詣したときには、北前船で益田の今市港に着き、そこで小舟に乗り換えて高津港へ行き、上陸している。

当時、柿本人麿神社は高津・松崎にあったから、そこに参詣したことなる。古来、上京するときは山陰街道を徒歩・籠・騎乗だけで上るより、陸路と海路を組み合わせた旅がはるかに合理的で、短距離で、短時日であった。流人にはそんな自由はなかったとは思わない。かつては「左京大夫・正三位」の高官で、流人であっても「石見権守」である。官僚も杓子定規《しゃくしじょうぎ》に法令を遵守するわけがなかった。

げんに、細川幽斎の丹後から九州までの旅を考えてみると、つねに短距離・短時間の原則を守っている。まったく規則に縛られない船旅・海路、陸路の旅は実に快適だったに相違ない。

公的な上納物資を運ぶような場合は、奈良時代から正式には駅鈴制度にしたがって山陰道や山陽道を使用することが普通であった。しかし、地方の国司や個人が上洛する場合も、下向する場合も、比較的に選択の自由があった。

例えば、江戸時代に津和野藩の参勤交代の行程は陸路で津和野―六日市―廿日市―山陽道・東海道を行く、あるいは廿日市から海路で江戸に行く、上京コースを採用していたという。

石見国那賀郡大田村庄屋の石田春律著『石見八重葎』によると、現地妻の依羅娘子は配流された高津・鴨島に人麻呂と一緒に住んでいたという記述がある。離別を詠んだ和歌の内容は高津説でも十分に説明できるのである。この行程には長門峡・三段峡という景勝地があり、存分に春秋の景色を楽しむことができたにちがいない。また、父の柿本宋人が石見国司として石見に赴任しているが、中国山脈を越えて、美濃郡戸田郷小野村の綾部家に到達している。律令時代でも、官吏の旅程でも比較的に自由であって、便利な行程を選択できたのである。

通常、いわれているように、まず人麻呂は流人であるから高津・鴨島から那賀郡伊甘郷下府村の石見国府へ護送され、そこから陸路で山陰街道・中国山脈を通って上洛したのかもしれない。

その場合は、高角村鴨島から海岸沿いに石見中部の山陰道を東上し、途中の江津辺りから中国山脈を越えて赤名・三次を経て山陽・関西に到達したことになろう。

第五章　一〇二六年（万寿三年）の地震・津波と鴨山

鴨島海底学術調査団の報告

人麻呂の伝承には真実が隠されており、それを解明することが、歌聖の生涯を明らかにすることに繋がるという信念でこの命題を探求している。

人麻呂研究の近年の新たな展開は、古い人麻呂論を全面的に批判し、新しい研究手法で真の人麻呂像に迫る活動である。その意味で、着々と科学的な調査研究が進み、数々の成果が生まれつつある。換言すれば、最新の科学的な調査・研究によって人麻呂に対する偏見に充ちた旧説が完全に塗りかえられようとしている。

筆者は以前から、「高津・鴨島」と「石川」を特定するためには、関連文献を精査することも必要だが、自然科学的に考古学・地質学・生物学などを総動員して調査・研究することが必要であると考えていた。それゆえ人麻呂の調査研究がそのような方向に進んでいるのは幸せである。

実は、最初にこの科学的なアプローチを果敢に実践したのが梅原猛及びその調査団であった。梅原は学識の深い学者を総動員して「鴨島海底学術調査団」を結成し、わが国最初の海底考古学として、人麻呂終焉地・鴨山（鴨島）を調査するという新しい地平を切りひらいた。

それはドイツの考古学者ハインリッヒ・シュリーマンがホメロスの『オデッセイ』に書かれたギリシャ神話からミケーネ文明の遺跡群、さらにはトロイの遺跡を発掘して大発見する偉業に通じる考古学的で、自然科学的な調査であった。

幸いにも、筆者は二〇一三年に益田市戸田の「語らい家」(語り部)といわれる戸田・柿本人麿神社神官の綾部正宮司に直接会って、色々の話を聞く機会に恵まれた。その際、梅原が戸田・柿本人麿神社を訪問したとき、慶応大学教授で、国文学者の池田弥三郎教授を帯同して、一晩中一睡もせず神社境内の遺跡「遺髪塚」を発掘調査をしたという話を聞き、真理探究の気迫のすさまじさを感じた。

本論の主要テーマは何といっても、人麻呂の終焉地を確定することである。この観点から、竹内均を名誉団長、東京大学理学部教授松井孝典氏を団長とする、四人の学者で構成する「鴨島海底学術調査団」が、人麻呂終焉地とされる鴨島・鴨山の一〇二六年（万寿三年）の地震・津波を特定したことは画期的な成果であった。

この調査で初めて、実際に一〇二六年（万寿三年）に高津川河口沖で地震・大津波が発生し、砂州島であった鴨島が陥没し、崩落したことが科学的に証明されたのである。実は、この時、調査団は高津川の河口に地震の原因となった三本の活断層を発見し、これらの活断層が地震・津波を発生させる引き金になったことを証明した。

つまり、高津川河口の沖にある活断層による地震が起こり、それに伴う津波が鴨島＝大塚・中須を襲い、さらには高津川・益田川沿いに飯田・横田及び久々茂辺りまで襲ったことを証明したのである。

科学雑誌『Newton ニュートン』一九九四年五月号（竹内均監修、教育社）掲載の古代検証「水底の歌　柿本人麿の終焉の地を求めて」において、調査団は伝説の鴨島を沈めた万寿地震津波の存在を実証したことを報告した。

島根県益田市高津町高津川（石川）の鴨島は、地元の伝承によれば、一〇二六年（万寿三年）の大津波で海底に沈んだと伝えられる。その真相を確かめるために、梅原の提案で人麿呂終焉の地を確定する調査団が結成され、伝説の鴨島・鴨山を調査・解明したレポートが下記のものである。

調査団の構成は、鴨島海底学術調査団名誉団長・竹内均、団長・松井孝典東京大学理学部助教授、団員・都司嘉典東京大学地震研究所助教授、箕浦幸治東北大学理学部助教授の四人であった。

『Newton ニュートン』は調査報告の最初に、次のように述べている。

一〇二六年六月十六日（旧暦、万寿三年五月二十三日）、石見国の沿岸（現在の島根県益田市中須沖）で巨大な地震津波が発生し、日本海沿岸の各村落に襲来して未曾有の被害をおよぼしたとする伝説がある。しかし当時の主だった歴史記録に津波に関する明らかな記録はなく、この災害が文献にあらわれたのは、ずっと後世になってからである。

のちに記述されたいくつかの歴史資料によれば、真夜中ごろ大きな地鳴りとともに「鴨島」と称された海浜の岩場が水没し、つづいて巨大な津波が海岸におし寄せたとのことである。現在の益田川の河口沖一キロの海底に、地元の人々が「大瀬」とよぶ暗礁が露出している。これが万葉歌人の柿本人麻呂をご神体とする人麿神社のおかれていた鴨島であるとする解釈がある。歌人の斎藤茂吉はその著『柿本人麿』で、津波襲来を示唆する科学的な根拠がないことから、万寿の大津波に否定的な見解をのべた。そこでわれわれは、万寿津波の歴史的真偽を明らかにするために、地層の集積過程に注目し、益田平野の堆積物の解析を試みた。

調査団の調査報告はその成果を幾つかの項目に分けて説明している。

項目の題名は六つで、それぞれ「堆積層に見つかった火炎構造」「一〇二六年（万寿三年）に大津波があった」「活断層が見つかった」「約一〇〇〇年前に地震があった」「津波に流された仏像」「人麻呂が生きている時代の環境」「大津波は繁栄を一瞬に崩壊させた?」の項目名で説明している。

まず「堆積層に見つかった火炎状構造」では氾濫源となる「火炎構造」を発見したと述べる。

次に「一〇二六年（万寿三年）に大津波があった」では「火炎状構造を有する砂層の下の泥層の最上部にみつかった木片から、中田高教授が年代測定を行ったところ、一〇二〇±八〇年という値が得られた。したがってこの砂層は、一〇二六年の津波の痕跡であると結論できるだろう。石見潟におし寄せた津波は、益田河口をさかのぼり、多量の海浜砂と砂丘砂をともなって地域の低地に流入したのであろう。津波の襲来を示す証拠の砂層は、益田市市街地および高津・益田両河川中流域では発見されない。したがって、その堆積作用は河口付近にとどまった可能性が強い。平野を構成する堆積物の分布からは、万寿の津波は海岸からせいぜい数キロさかのぼったにすぎないと推定され、その規模はこれまでの推定より小さかったと考えられる」とし、「自然科学の観点から歴史的示唆とは独立に、一〇二六年に日本海に津波が発生し、石見国の沿岸に襲来したと結論できる」としている。

続いて、「海底断層が見つかった」の項では、沿岸に並行して「高津川河口付近の地域では海底断層が発見された。三本の海底断層が西南西―東北東方面に併走していた」と衝撃的な報告をしている。「断層と判断されるY字形またはV字形の特徴は、海底面から約二メートルの地層にみられる。Y字形またはV字形の特徴は、横揺れ断層に特有のもので、この断層が水平に横にずれしたものであることを示唆する」とした。

「約一〇〇〇年前に地震があった」では、「付近の堆積速度が毎年二ミリメートル程度であれば、海底二メートルの層は、約一〇〇〇年前に堆積したところになる。横ずれ断層の特徴を示す変形は、いずれも二メートル以深の層で発見され、それより浅い部分では発見されていない。このことは約一〇〇〇年前に地震が発生し、海底堆積層を変形させたとすれば理解できる」としている。

「津波に流された仏像」では、「津波で漂着した仏像が現在、万福寺に所蔵されており、「古い三体の仏像であることに間違いない」としている。

益田・中須にはかつて五福寺と称される「福」のつく寺が、五か寺あったといわれる。万福寺（元は安福寺）には、一〇二六年（万寿三年）の大津波によって流されたといい伝えられる三体の仏像を保存している。「流仏三体」と呼ばれるこれらの仏像の年代を測定した結果、万寿以降につくられたものであることが判明したという。

しかし「万福寺本堂の奥に、形のくずれた仏像三体があった。これらの年代を同様に測定したところ、万寿三年以前に制作されたものであることが明らかになった。本物の流仏はこの形のくずれたもので、そのコピーがいわゆる流仏三体である」と報告している。

続いて、「人麻呂が生きている時代の環境」では「花粉分析のための資料が採集された。安田教授による花粉分析の結果によると、七～八世紀の益田市付近は海岸に松林があり、カシやシイの森に囲まれてガマやスゲの湿地と、豊かな水田地帯が広がっていたと推察される。このおだやかな田園風景は、しかし九世紀ごろ大きく変貌する。これらは周辺から森や湿地が姿を消し、かわりに人間活動を示す炭片やソバの花粉が急増することがわかる。この事実は、この付近がこのころに急速に都市化したことを示唆している」と記す。

そして、地震・津波で都会のように繁栄した大塚・中須の平野が一瞬に崩壊して、以後復興できなくなった顛末《てんまつ》を報告している。この報告は江戸時代に石田春律が『石見風土記』の記憶に基いて書いた『石見八重葎』の地震・大津波の惨状と同じである。

「大津波は繁栄を一瞬に崩壊させた?」の項では「万福寺の境内にある十三重の石塔は、かつて津波に流され砂に埋もれたものを、江戸時代に掘り出したものである。今回の調査で、この塔は赤御影《みかげ》とよばれる種類の花崗岩《かこうがん》で、韓国産のものではないかということが指摘された。これが事実だとすれば、水田稲作から畑作への変化などは朝鮮半島から大量の移民がこの地に定住したと想定すれば、すべて無理なく解釈できる。この繁栄が津波によって一瞬のうちに崩壊したことは、津波の堆積物中にレンズ状にはさまれた泥炭《でいたん》質粘土が津波堆積層の下の地層と同一であることから読み取れる」という。

最後に、調査団は「まぼろしの鴨島を求めて」の項で「今回の調査結果をまとめると、万寿地震津波は実際に生じた事件と考えられる。しかし万寿地震津波の規模を推定することや、たとえ万寿地震津波が実在したとしても、鴨島の場所を特定することはできなかった。『鴨島はどこにあったのか』――このテーマについては今後の調査によって明らかにされるであろう」と結んでいる。

ここで『Newton ニュートン』の「鴨島海底学術調査」の報告は終わっているが、重要なことは、一〇二六年に実際に沿岸と並行に走る三本の活断層によって人麻呂終焉の地とされる鴨島・鴨山が高津河口で地震・大津波が起こり、都市化していた中島・大塚・中須地区の平野部分を襲い、繁栄が急速に衰退していった事実である。

鴨島海底学術調査団の報告は「高津・鴨島」の伝承がほぼ正しいことを証明し、科学的に地震・津波から鴨島崩壊までのプロセスが一つの状況証拠として固まったのである。

過去の文献・伝承からわかるもの

ここで一〇二六年（万寿三年）の地震・大津波に関する過去の伝承文献を紹介し、検討してみたい。

まず、益井忠恕編著『贈正一位柿本朝臣人麻呂記事』(綾部正之助、明治四十三年十一月二十一日発行）は、古代には高津川河口（現島根県益田市高津町）に「鴨島《かもじま》・鴨山」があったと、次のように述べている。現代語に直すと下記のようになる。

鴨島の事実を現在、種々の書に載っているものと古老の伝承しているものと合わせて書くと万寿の大津波の被災以前は高角村西にある持石は半島になっていて、南は飯田村海老山付近まで湾岸の潟になっていた。その東の角江（角井という）は鹿角のように岐となった入り江で、その入口に船操岩という大きな岩があった。その西に大塚《おおつか》という地名があった。昔は船舶を繋ぐ岩であったという。角江の都北を廻って須子、またその東北に中須、その西に大塚という地名がある。その東南に蘆田《よしだ》村があり、このように湾になった海になり江沢になって、その東北の方、海中に大小二つの島がある。西の大きいのを鴨島といい、東の小さいのを鍋島《なべしま》といって、石川（一名高角川という）の流れは源を遠く鹿足郡田野原も発し、吉賀川となり、津和野川と合流し、また美濃郡道川《みちかわ》及び匹見《ひきみ》を発する流れや益田川と合流し、共にこの湾内に流入し、物産の運輸に便利で、北海第一の良港である。

同書は続けて、次のように説明している。

鴨島及び高角の地には数千の富豪の民家が軒を連ねた繁華街であった。繁華街や女郎屋があり、「内浜《うちはま》に千軒、外浜《そとはま》に千軒」の呼び名があった。また鴨島には千福寺と万福寺の二大寺院があった。万福寺は津波の後益田郷に移し、今に存在するが、千福寺はついに廃されて、今は小高角の海辺、益田川の末流に千福寺渡という地名を残している。このような地勢であったので北洋航行の船舶が往来してもっとも賑やかな小都会であった。こうして鴨島のその風景に富める東に遠く大麻山、近くは喜久都久《きくつく》の岡、その南に遠くに日晩山《ひぐらしやま》近くは比礼振嶺《ひれみね》又稲岡・石見野などの眺めがあった。西南には海老山を超えて遠く妹山《いもやま》（俗に青野嶽《あおのたけ》という）及び長門国の十種ケ嶺の雲煙の際に模糊《もこ》たるを見たり、その西方近くには打歌山《うったやま》、遠くは長門国の高山又その麓の海中には数個の小島が点々と碁布《ごふ》している。北は渺々《びょうびょう》とした海原に昼は船舶の浪をけって往来する漁舟が高島に見え隠れしている。夜は漁火《いさりび》の浪を焼く景を見たりするなど、その奇観は見る目を喜ばせ、心を楽しませることにおいて言葉でいい表せないほどであった。

これほどまでに人麻呂終焉の地である「高津・鴨島」の地勢・風光・歴史について詳しく述べている。一〇二六年（万寿三年）の地震・大津波の頃には、中島・大塚・中須はすでに連結して連丘となり、三角州を形成し、その西側を高津川（「石川」）が、その東側を益田川が流れていた。このような地勢なので、「日本海を航行する船舶が寄港してもっとも殷賑《いんしん》をきわめた小都会であった」と述べている。

『Newton ニュートン』の調査報告書が描く光景とまったく同じなのは不思議なほどである。その景色は「見る目を喜ばせ、心を楽しませることにおいて、言葉でいい表せないほどであった」と表現されるほどに美しかったのである。

後年、画聖の雪舟が益田に来訪し、医光寺・大喜庵を終焉地と定めたのはこの地が日本三景の一つ、丹後の「天橋立」と同様に風光明媚な土地であったからではなかろうかと推測している。だから、雪舟には歌聖の終焉地を「終の棲家」にする十分な動機があったと思う。

さらに、晩年の人麻呂終焉地・鴨島について次のように書いている。

このように鴨島は風光明媚であったから、国府の官人はいつも逍遙して人麻呂が石見に在任の日にはここに愛妻を招かれてしばしば遊ばれた。このように絶景の地で、ことに人麻呂の郷里である戸田に近く、縁故の者もいて、漫遊の途中で暫く滞在されたこともあった。そのうち不幸にして病魔の襲われるところとなり、死去された。それゆえその遺骨を納めて墳墓を築き、聖武帝の勅命により宏壮なる社殿を建設したが、一〇六二年（万寿三年丙寅五月）に大津波に遭遇し、怒濤に洗い流されるところになり、昔の奇観や絶景も夢の間に「渺茫たる滄海」と化すにいたり、ただ白波の暗礁を蹴って狂奔するのみである。

この書で注目すべき記述は何といっても、人麻呂が同地に死去したので「御遺骨をおさめ、墳墓を築き、聖武天皇の勅命により宏壮なる社殿を建設されたが、一〇二六年（万寿三年）大津波が起こり、波に洗い去られたところとなり……」と書かれた部分である。

鴨島は一〇二六年（万寿三年）の大津波で水没したとするが、高津川の河口に浮かんだ二つの砂洲島、すなわち「鴨島」と「鍋島」が高津川と益田川の土砂で連結して「大塚・中州連丘」となり、石田春律が書いた『石見八重葎』では半島が松崎と連結して半島になったと書かれている。また最近、林正久島根大学名誉教授は半島が久城に繋がったことを論証している、

したがって、後に述べるように高津の岬の松崎に繋がったこともあり、久城の岬に繋がったこともあったと考えるのが妥当である。また、『高津町誌』等は実際には両方が陸地と繋がることに

よって、高津川が大塚と中須の間の河口を流れる現象が起きたとしている。

斎藤茂吉の鴨山

斎藤茂吉は高津の柿本神社を参詣したあと、神官の中島匡弥に中須や久城に案内され、海底に崩落し、沈下した鴨島が海底にある沖の「大瀬の暗礁」だとの説明を受けた。しかし、彼は「柿本人麿縁起」の高津・鴨島は、石見相聞歌から感じる景観が違うので、納得できず他所に鴨山を探すことにしたと述べている。

矢富熊一郎は『益田市史』所収の「万寿の強震と大津波」で、鴨島・鴨山を次のように書いている。

後一条天皇の万寿三年丙寅五月二十三日亥の下刻、大津波がおそって、美濃・那賀両郡の海岸に大災害を及ぼした。中でも当市内高津・中須・遠田・木部をはじめ、那賀郡の福浦・下府・江田・渡津・黒松等の諸地は、後世の伝説や文献に徴して、甚大な打撃を受けたことが知られる。この津波は高津灘を中心に、石見潟の大陸棚に勃発した断層地震に起因したものらしい。当市内高津・吉田・益田平野においては、久城大地・峠山・瀧蔵山・椎山・七尾城・万歳山・稲積山・赤城・辻の宮・鴨山等の一帯にわたる周囲の丘陵を除いて、これらに囲繞された平坦部は、ことごとく高浪におそわれ、余波は遠く高津川をさかのぼること一二キロ、高城の寺垣地（神田）まで達し、同地の護法寺をおし流したという。一面益田川をさか上った波は、上久々茂辺まで及んだ。

ために高津川尻のトンボロをなす鴨島は、一朝にして陥没し、人麻呂神社の社殿は、付近の密集集落とともに押し流され、御神体は大波に漂流して、松崎の松にかかったと言う。そこで人麻呂社は、そのままこの松崎の地に移され、間もなく別当寺として、松霊山人丸寺が附設されて、以前に増す荘厳を保った。古老の言によると、鴨島は中須の沖にある、大瀬の暗礁が、これに擬せられる。（注、イタリア語のトンボロは陸地が島と繋がった半島を指す）

矢富は一〇二六年（万寿三年）の地震・大津波によって鴨山があった鴨島は海底に沈んだとし、その鴨島こそが「大瀬の暗礁」というのである。矢富の高津・鴨島説にはかなり説得力がある。特に、注目すべきは「この暗礁化した大瀬からは、上記のように漢鏡・双盤・石地蔵が、漁夫の釣具によって引き上げられ、現に福王寺に蔵せられていることを見ても、確実性がみとめられる」としている点である。

続いて、矢富は次のようにいう。

万寿三年の地震は、石見の歴史はじまって、最大の強震だったと、考えられておる。その点明治五年の、浜田沖が陥没した際に伴う、世に言う浜田地震よりは規模が更に大きかったと考えられている。浜田測候所の報告によると、この浜田地震により、黒松村は六尺陥没し、国府・羽子は反対に、三〜六尺隆起したと言う。この点から見て、万寿三年トンボロをなす鴨島が、一朝にして陥没し、その後八百年間の、連続する日本海の浸食と、陥没とが手伝い、ついに海中の暗礁化したと言い伝えることも、全く否定し去る訳にも行くまい。いわんやこの暗礁化した大瀬からは、上記のように漢鏡・双盤・石地蔵が、漁夫の釣具によって引き上られ、現に福王寺に蔵せられていることを見ても、確実性が認められる。要するに鴨山の所在を探求する時、上述のように地理的な諸環境から、すべての要求を真実に具備して、伝える可能性を持つものは、高津説をおいて外にない。唯ここに遅疑逡巡すべきことは、鴨島の存在が、海中の暗礁化しておるとの伝説が、とかく世人から、否定されがちであることが遺憾である。若し高津説を妄誕なものとして、否定し去ることとすれば、鴨山の存在は永遠の謎として葬り去られよう。

矢富は石見西部の郷土史家で益田市の同地の歴史や人麻呂・雪舟の研究調査で顕著な功績を残している。しかし、賀茂眞淵などの旧来の説を踏襲して、人麻呂の位階が「舎人《とねり》、従六位下の椽」であったとし、新しい知見に基づいて新説を展開する資質に欠けるところがあった。

なお、津波で高津・鴨島周辺が約二メートル陥没したのに対して、浜田に近い国府浦周辺が約一・五〜二メートル隆起したと書いているのが注目される。地震・津波では陥没する場合と隆起する場合の二通りがある。近年の東日本大地震は前者の例では、東北沿岸が一メートル二〇センチ陥没している。

斎藤茂吉は「高津・柿本神社縁起」を引用し、地震及び津波を次のように書いている。

往古此の地の磯より突出したる地続きあり、鴨島と云ふ。神亀元年甲子三月十八日人麿此の地にて世を去り給ふ。神亀年間社殿を此所に建て神体を安置し、奉務の寺をも建つ。人丸寺と称す。万寿三年丙寅五月海嘯の為め、社殿人丸寺数千の人家と共に跡もなく地形全く変化し了りぬ。然るに二股の松神体を乗せて海浜に着く。之に依りて其所を松崎と称し、社殿を建て、其神体を鎮座し人丸寺をも再興す。之より此の寺の山号を松霊山と称す。寛文元年八月始めて神幸式を執行す。同年旅殿を創建す。延宝九年亀井豊前守茲政海浜にて風波の難あらんことを恐れ、現今の社地に社殿を、麓に人丸寺を遷す。神亀元年より享保八年まで一千年に及ぶ。此の年二月正一位の神階を賜ひ、宣命位記官符を納め給ひ社号を柿本大明神と勅許あり。

茂吉は神主の中島匡弥の案内で、ゆかりの地を巡ったあと納得がいかず、矛盾を感じていた。中島宮司が伝承にしたがって久城の丘陵から沖の「大瀬の暗礁」の辺りを指さして、その岩礁が一〇二六年（万寿三年）の大津波で海中に没した鴨山のあった鴨島だと説明した。しかし、茂吉は思い描いていた「高津川河口に浮かぶ島」というイメージと、その風景とがあまりにも違っていた。茂吉は大いに失望し、新たな鴨山探しに石見各地をめぐる旅に出発するのである。

中島宮司は歌壇の大御所・茂吉を納得させるほどの高津・鴨島説に関する論理的な説明ができず、ただ古くからの伝承を繰り返すのみであった。島崎藤村のように中島宮司に同情するどころか、茂吉は一方的に話を聞くのを打ち切って、疑念を感じたまま出雲方面に去っている。

地理学的、地質学的、考古学的な観点から益田平野が高津川と益田川の二つの川が古代の高津内海という時代から大量の土砂を堆積させる活動を通じて、河口にあった二つの島を結合したとの経緯を説明しても、少なくとも地震と津波が起こった一〇二六年（万寿三年）以前に鴨島が実在したことを納得させることができなかったのである。

中島宮司はそれまでこんな事態に直面したことがなかったので、大いに当惑したであろう。

茂吉は石見の高津踏査に期待していたが、その期待は打ち破られたと思った。この段階で、茂吉は終焉地の高津・鴨島説を完全に否定した。彼は「この辺り、即ち鴨島が人麿の歌の鴨山で、人麿が其所で没したといふことは、幾つも疑問があって信じがたい。これは既に前賢も論じてゐるが、大体の万葉集注釈書はこの高津説を採用しているので、私もいつか高津の土地を踏み、柿本神社を参拝したい念願を有ってゐたのであった」と心情を吐露している。

茂吉は意外に想像力のない歌人で、神主の説明から往時の様子を頭の中で再構成して、偲ぶという感性を備えていなかった。

その後、茂吉が那賀郡の江川辺りを踏査し、最初は浜原・亀村説を主張し、後に邑智郡の一青年の話を聴いて湯抱・鴨山説を唱えるのは周知の通りである。念のためにいっておくが、本論では斎藤茂吉の鴨山考を厳しく批判するが、茂吉の『アララギ』における輝かしい活動まで否定するものではない。『アララギ』の歌人として短歌の革新に貢献しているると考えるからである。

伝承が伝える鴨山

那賀郡大田村の庄屋、石田春律が著した『石見八重葎』に所載されている「芝山卿御碑文」は鴨島について、下記のように高津・鴨山の碑文を載せている。

石見国高角の沖に鴨島となむ言て大なる島山有。神亀元年甲子三月十八日柿本おほん神かんさりましませし所にして、御辞世のやまと歌万葉集、拾遺集にのせられたり。此所に御廟の社あり。尊像はみつからつくらせたまふとなん。寺を八人丸寺と号。都より此国へ渡海の船此所に寄来たり、賑々《にぎにぎ》しくさかんなりし地なりしに、後一條院の御宇、万寿三年丙寅五月高浪ノために、かの島山をやぶられて宮寺をはじめ民屋残りなく海中に没しぬ。しかありしに、彼島のおほん社の前に二タ枝にわかれたる松あり。此松の枝尊像を帯て高角は浜に寄セ奉わりぬ。此所を松崎と名付く。人々信感に堪ず、その所に社と寺を作り、尊像を挙へ奉るとなん。この松崎に二枝の古木ありて、御腰懸けの松と唱へ来たりぬ。（中略）

神もさそうこきなかれと守るらし里のおきなの立し石夫美《ふみ》

文化八年未三月二十一日

正二位前権中納言藤原持豊　　村民建立

碑文の末尾に、「文化八年未三月二十一日、正二位前権中納言藤原持豊、村民建之」とあることから、一八一一年（文化八年）に高角村の村民が建立したもので、朝廷の高官、正二位前権中納言の藤原持豊が撰文を書いたことがわかる。

また、同書は鴨島に住んだ人麻呂と妻依羅娘子について、次のように記述していて興味深い。

「人麻呂が八十三歳のときに、希望されて、石見国美濃郡高角村鴨山の屋敷へ妻の依羅娘子と一緒に帰国された。この時妻の年齢は六十三才であった。夫婦は共に官職を首尾よく済まされ、数年の心を御養するために夫婦共に和歌を作り、酒宴を催されて昼夜ともに大いにお楽しみになった。この鴨山というのは高角村の松崎より東の方へ余分につき出しており、奈良の都から北国へ行く廻船の湊《みなと》であって、その絶景は言葉に言い表せないほどであった。当地での隠棲《いんせい》や家作りは風雅を言葉で述べることは難しい。ご夫婦の自らのお姿の木像をお作りになったところ、まさに生けるがごとくで、小さい社に置かれたほどである」と記している。

人麻呂の終焉については、病死とし、「人丸八十八才の時で、神亀元年（七二四年）甲子三月一八日に死去された御尊骸はかねて遺言によって高角村石川の辺《ほと》り、初妻小直の君の墓と一所へ葬式した。小山のように塚を築き、塚の頭へ印《しる》しに松を植えておいた。後世の人はこれを大塚の神納松と呼んだものである」と記す。享保年間に挙行された人麻呂千年忌は七二四年（神亀元年）を起点として千年が経つとして盛大に行われたものである。

この碑文によって、益田地方には古来、鴨山（鴨島）に関して三つの説があったことになる。すなわち、①矢富熊一郎『益田市史』のいう久城から中須・大塚・鴨山と延びる砂洲島、②石田春律『石見八重葎』のいう高津・松崎から延び、大塚・中須＝鴨山に達する砂洲島、③持石辺りから沖の岩礁に繋がる「長島」という砂洲島である。

これらの伝承の三説の中で、③の「長島」説は位置が高津川より西に偏りすぎているので、高津内海の地勢変化から判断して、①の久城に繋がる中須・大塚連丘＝鴨山説（矢富熊一郎『益田市史』）と②の高津・松崎から延びる中島・大塚・中須連丘＝鴨山説（石田春律『石見八重葎』）は成立すると考える。ただ、②は中須・大塚連丘そのものが「鴨島」との見解であり、中須・大塚連丘から沖に延びた「大瀬の暗礁」にあった島を含む説と少し差異が認められる。この場合、大塚が鴨山であったことになるが、この説も成り立ちうる。というのは、岩盤の一番大きな堆積が大塚であるからである。しかし、これら三説は今後、考古学的な発掘によって実証されるべきである。

『石見八重葎』の記述には、大塚が鴨島・鴨山のあった場所と書いてある。大塚の住人にこの話をすると、即座にその説を肯定し、昔から地元では大塚に人麻呂神社があったと伝えられてきたと話した。しかし、郷土史家の矢富熊一郎がこの説を採用しないのには相応の理由があってのことであろう。

砂洲島とは「砂浜でできた丘陵島」である。高津川（石川）は林正久島根大学名誉教授の論文「益田平野の古地理の変遷」（益田市教育委員会発行）や『高津町誌』でわかるように、その流れと河口が十回以上変化した川であることを示唆している。

だから、中島・大塚・中須連丘説が最も合理的に説明できる説であり、その連丘そのものに人麻呂終焉地が含まれるか、「大瀬の暗礁」が連丘から沖に延び、鴨山があった半島であったのか、そのどちらかが正しいことになろう。

幸いなことに、この辺りは益田の中世遺構の調査が進み、また高津地区も高速道路敷設のため考古学的な発掘調査が進められている場所で、かなり考古学的な解明が進んできている。日毎に人麻呂の終焉地を発見する可能性が高まりつつある。

奈良時代、「山」は飛鳥・奈良地方の春日山・香具山・雷山など丘陵のように、「丘」と呼ぶような低い山も「山」と呼んだ事実がある。その観点から、茂吉説の鴨山はかなり高い山であり、万葉時代の「山」の概念と必ずしも一致しない。つまり、標高五十メートルの丘も「山」と呼んでよい。鴨山がその程度の高さであっても容認されるわけである。

海底に岩盤があって、長年にわたって高津川（石川）と益田川が押し流した土砂が形成した砂洲島は、地震や津波によって簡単に崩壊する、非常に脆弱な性質があった。『石見八重葎』は、高津沖の活断層によって起きた地震・大津波で地面が六尺、すなわち約二メートル沈下したと書いている。崩落現象で一瞬にして砂洲の鴨島・鴨山が消え去ったと考えられる。

すでに、日本列島では大分県沖の土砂が堆積して形成された砂洲島が、崩落・消滅したという事例が報告されている。一〇二六年の高津地震が二メートル陥没と流砂現象などを起こしたことは考慮されなければなるまい。これは鴨島海底調査団の報告がすでに指摘していることである。

第六章　波乱に充ちた生涯

位階は「正三位、左京大夫」

奈良時代は、歌人を単に「歌詠み」と蔑むような時代ではなかった。詩歌が国家・天皇の権威を高め、ひいては国威を高揚するという確信があった時代であった。貴人から庶民にいたる約五百名の歌人の和歌、四五一六首を登載した最初の勅撰和歌集『万葉集』の編纂・発行は、それ自体が大仏建立と同じように国威の高揚に資する大事業であった。

古代にあっては、『万葉集』編纂は『古事記』『日本書紀』『続日本紀』などの編纂以上の文化的な事蹟であったといっても過言ではない。というのは、これらの書が先駆的な役割を果たし、とりわけ『万葉集』はそうだったからである。

日本人は『万葉集』によって初めて中国の『詩経』に相当する詩歌集を持ったといっても過言ではない。

わが国の歌人、特に柿本人麻呂、山上憶良、大伴家持らには絶えず中国・朝鮮に劣らない文化を創出するという情熱が横溢《おういつ》していた。すなわち、『万葉集』の中核を担った歌人には、和歌（倭歌）によって漢文に対してわが国固有の文学＝国文学を確立するという気概が漲《みなぎ》っていたのである。

たとえば、『万葉集』編纂が固有の文学の形成ばかりでなく、漢字から漢音を日本語に当てはめる作業を通じて、固有の文字、「万葉仮名」・「平仮名」を生み出した意義は大きい。その意味でも『万葉集』はわが国文化史上において燦然《さんぜん》と輝く文化遺産である。

同じ時代に、漢詩集『懐風藻』が編纂されているが、『万葉集』の文学的な価値に比較すると、平凡な漢詩集である。繰り返していうが、文化史的にみて、『万葉集』は圧倒的な文学的、文化的な偉業といってよい。たとえば、『万葉集』が成立していなかったなら紫式部の『源氏物語』が世に出ることはなかったことを考えるとその意義がわかる。

次に、人麻呂の官位の問題がある。旧来、人麻呂が「舎人」で、卑官の「従六位下」「椽」の下級官吏であったという説が流布されてきた。

持統天皇の時代に、人麻呂が宮廷歌人として天皇に従駕して何度も吉野に出かけた史実や、持統帝の和歌を代作したり、その命で天皇家を讃える儀礼歌や天武天皇・持統天皇、文武天皇などの祝歌を詠んでいるから、相当な高官であったと考えられる。最近は江戸時代の国学者、賀茂眞淵などが唱えた卑官説である「従六位、椽」では官位があまりにも低すぎると考えられるようになった。

紀貫之の勅撰和歌集『古今集』の序文「仮名序」（漢文で書かれた序文は「真名序」という）に、

人麻呂の位階が「正三位・左京大夫」と書かれており、いくつかの古い文献をつぶさに調べると、これまでの説ではあまりにも低すぎる位階であるとの疑問が出てきたのである。

つまり、紀貫之編纂の『古今和歌集』「仮名序」には、人麻呂の位階を「おおきみつのくらい」（正三位）であり、大夫＝「たいふ」（左京大夫。現在の長官にあたる）であると記している。紀貫之が権威のある『古今集』で「正三位」「左京大夫」と記した以上、これが事実であることは間違いない。その後の文献にそのように書かれたものが幾つもあることから、少なくとも、人麻呂が高官であった可能性を示唆している。

『古今集』の編者の一人、壬生忠岑《みぶのただみね》が同じ和歌集で「ありきてふ　人まろことは　うれしけれ　身はしもながら　ことの葉を　あまつそらまで　きこえあげ　すえのよまでの　あととなし……」、すなわち「人麻呂は幸せである。身は下位にあっても、和歌を天上までと聞こえるように、後の世まで足跡を残したのだから」と歌っている事実から、人麻呂が下位にあったする言説をなす学者がいる。しかし、これは藤原不比等などの権力者によって人麻呂が不当にも僻地に流刑となり、正史である『日本書紀』『続日本紀』で史実を歪曲したことを無視した論である。紀貫之が壬生忠岑より上位の編集者であることを考慮しない論であり、認めがたい。

後述するが、『石見風土記』や『石州益田家系図』（益田家文書）では「正三位、正四」とされ、後者では柿本猨（柿本佐留）と柿本人麻呂が同一人物であるかのように並列に記されている。梅原らの人麻呂論にもあるように、『続日本紀』では「正四位」の位で「柿本猿」と人麻呂が同一人物である可能性はきわめて高い。益田氏文書などでも「猿」と「佐留」は名前は併記され、同一人であると確認されている。もし藤原不比等が流人として遠島した「人麻呂」を蔑称で「人」でなく「猿」とするように改竄したとすれば、十分に納得がいくではないか。

万葉学者の中には「虫麻呂」という人名もあるから、「猿」という人名があってもおかしくないという学者もいるが、見識が疑われる。なぜなら、太宰府に左遷された大伴旅人に関連した話の中で当時、はっきりと「猿」は蔑称として使われている事例が示されているからである。一般に、人名を「猿」と命名することはない。親が子の不孝を願うならば「猿」もあるかもしれないが、およそ世にそんな親は一人として存在しない。人麻呂の「人」を「猿」と貶めた藤原不比等は、明らかに歌人に対する嫌がらせを行ったとしかいいようがない。これは権力による人麻呂への常軌を逸脱した行為以外のなにものでもない。

「猿」という呼称について思い出すのは、日ロ戦争のとき、バルチック艦隊に乗っていたロシアの軍人が日本人に使っていた蔑称が「猿」であったことである。ロシア兵は「日本人は猿だ。ロシアが下等な日本人に負けるはずがない」といって日本人を蔑んだという。これは司馬遼太郎の小説『坂の上の雲』に出てくる一シーンである。しかし、結果は猛将の東郷平八郎が率いる日本艦隊はロシアのバルチック艦隊の油断を突いて大勝した歴史を思い出す。

人麻呂は藤原不比等らから「猿」だと侮蔑にされた。しかし、人麻呂は流人に身を落としながら、ついには千年忌で、朝廷（霊元天皇）から「正一位　柿本大明神」の最高神位を贈られた。人麻呂の場合、生前の栄光よりも死後の栄光の方がますます大きくなっている。

要するに、『日本書紀』『続日本紀』を読み解くと「人麻呂」が「猿」に変更された事情が判然としてくる。不比等はどこまで人麻呂を貶めれば気が済むのかという疑念が湧くのは当然である。『万葉集』で歌聖と崇められた人麻呂が、藤原不比等らが主導して編纂した正史『日本書紀』や『続日本紀』に記載されていないのはきわめて不自然で、意図的であったとしかいいようがない。大津皇子の変に際して反逆罪に問われ、連座して流人として讃岐・淡路・東海・石見・明石・多々良宮・長門と配流された事実と考え合わせると、権力者によって史実の歪曲・改竄があったことは間違いない。

紀貫之が『古今集』「仮名序」の千文字文で人麻呂の位階を「正三位、左京大夫」としたのは、この段階で、聖武天皇の承認のもとで人麻呂の名誉回復を完全に果たしたことになる。

筆者が親交がある、国際的な日本文学者ドナルド・キーンはケンブリッジ大学で日本語を教えていたとき、必ず最初の日本語テキストとして『古今集』の「仮名序」を使用したと話す。彼は「仮名序の千文字文は日本語を学ぶ初心者には最適のテキストです」とその理由を述べている。

もちろん、キーンからその文面に誤謬があるという話を聞いたことはない。キーンもケンブリッジ大学の学生も人麻呂の位階を当然と受けとめたのである。

江戸中期以降に、国文学者の賀茂眞淵などが、誰もが信じて疑わなかった古来の伝承をおし曲げて、正史の『日本書紀』に惑わされ、人麻呂が「下級官吏」であったかのような説を唱えたことが、歌聖の実像を見えなくしてしまったと考えられる。「歴史は事実を書くが、伝承は真実を伝える」という言葉の意味を今更ながら痛感する。

第一に、持統天皇に寵愛され、出自も正しい人麻呂が山陰で伯耆国の国守になった山上憶良《おくら》（伯耆守、帰化人）や大友家持（因幡守）などと比較して低い官位であるはずがないではないか。こんな素朴な問いを発しない学者はどうかしている。

梅原は『水底の歌―柿本人麿論―』で、賀茂眞淵以来の人麿論が間違いであることを、体系的に批判し、それが新しい人麻呂研究の発端となった。私たちはさらなる科学的な調査・研究を通して人麻呂の実像を解明する必要がある。

人麻呂の年譜と生涯

先に、人麻呂と『日本書紀』『続日本紀』に出ている柿本猨（佐留）は同一人物であるとしたが、『郷土石見』に「石見・人麿考」を書いた宮本巌などの新たな知見を加えて再考すると、人麻呂の事蹟・年齢・位階は次のようになろう。

人麻呂は『日本書紀』『続日本紀』の猨＝佐留と同一人物である。人麻呂は六五三年（白雉四年）に石見国美濃郡戸田郷小野村の綾部家に生まれたと伝えられる。また、奈良県の『新庄市史』その他にも同じ伝承が見える。弘法大師の空海が讃岐国多度郡屏風浦（現香川県善通寺市）に生まれ、後に中央宗教界の頂点に栄進した事例があるから、この説は虚偽とは言い難い。むしろ、近年では正しいのではないかと考えられるようになっている。

その後、二十歳頃に石見を去って奈良に上洛し、六七四年（天武三年）二十一歳の頃、舎人《とねり》に合格して、朝廷へ出仕した。舎人とは天皇の側近く仕え、律令制下に宮廷の職責をつとめる下級官吏である。六八四年（天武十三年）八色の姓が定まり、柿本氏朝臣《あそみ》人麻呂となった。

壬申の乱後、六八九年（持統三年）三十六歳の頃に直大肆・従五位下を授かった。この年、草壁皇子が没している。持統天皇が六八六年（朱鳥元年）に即位してから六九六年（持統十年）までの約十年間、女帝の寵愛を受けながら宮廷歌人として活躍をした。この十年はまさに歌人にとって「栄光の時代」と呼ぶのにふさわしいものだった。人麻呂は持統帝に従駕して三十一回に及ぶ吉野行幸に同伴し、天皇の命により儀礼歌を詠むとともに天皇歌、挽歌、相聞歌などを詠んでいる。

六九七年（文武元年）、文武天皇が即位したが、六九八年（文武二年）四十五歳の頃に直大参・正五位上を授かった。

七〇三年（大宝三年）、人麻呂が五十歳の頃、讒言により長男の柿本躬都良が大津皇子の変に関係したとして反逆罪に問われ、連座して流人として都から追放された。これが悲劇の時代の始まりである。奇しくも、同年、大宝律令が成立している。柿本氏父子は反逆罪で大宝律令の適用を受けて罪人になったのである。以後、人麻呂は讃岐、淡路島、東海へ流人として流泊した。

七〇五年（慶雲二年）五十二歳の頃、石見国へ石見国権守として配流された。

実は、石見国府は邇摩郡仁万村（野津左馬之助編『島根県史』）にあったという説と那賀郡伊甘郷下府村（山本清編『新修島根県史』）にあったという二つの説がある。仁万説の説明は詳細をきわめるが、那賀郡伊甘郷説は『万葉集』の石見相聞歌に叙景された内容に合致するところから、今日では多くの歴史家や和歌学者は後者の説が正しいと考える。

石見国府にしばらく軟禁された後、石見国の西端にある美濃郡戸田郷高角村石川（高津川）辺《ほと》りの半島にある高津・鴨島に配流されている。流人の流刑地を決める場合、中央と地方の行政機関が協議して決めるから、初めから流刑地が石見国美濃郡高角村石川の鴨島と決まっていたのである。

七〇七年（慶雲四年、文武天皇治世）五十四歳の頃、朝廷から六月二十四日付の「赦免状」が届いている（『続日本紀』）。同年、文武天皇が崩御し、七月に草壁皇子妃の元明天皇が即位した。

そういう事情のもとで、人麻呂は上洛して元明天皇に赦免を嘆願したが、朝廷から裁可のあった

「赦免状」は何の効果ももたらさなかった。というのは、元明天皇は長子の躬都良の反逆罪の「連座」として『続日本紀』に載っている通達の規定により、人麻呂を解放しなかったのである。

ちなみに、元明天皇が『続日本紀』に出した大赦に関する通達には、反逆罪は大赦の「適用外」となっているからである。

その後、人麻呂はしばらく播磨国明石（兵庫県明石市）に蟄居したあと、河内国河内郡の多々良宮（現大阪府）に移り、さらに長門国大津郡油谷村（現山口県長門市）に滞在した。おわりに、元の配流地である石見国美濃郡高角村石川・鴨島（現島根県益田市高津町）に下向して死没する。死因は病死説（斎藤茂吉）、入水説（梅原猛）などがあるが、確たる証拠がないので、不明とするしかない。地元の伝承は病死としている。

人麻呂は『万葉集』では「死」となっているが、伝承では「卒」となっている。位階で死の表現が異なるが、「卒」が正しい。

『日本書紀』によると、七〇八年（和銅元年四月二十日）、柿本猿（人麻呂）が五十五歳で没したとある。同年、猿（人麻呂）は従四位下を授かっているのは前述の通りである。

新たな人麻呂年譜では五十五年の生涯を送ったことになる。茂吉は人麻呂が疫病にかかってその前年の七〇七年（慶雲四年）に死んだとするが、これを採用すると五十四年の生涯になる。

七〇九年（和銅二年）に『万葉集』は臨死歌によって人麻呂が没したとしている。これに従えば五十六年の人生であったことになる。

また、石見の公式伝承では七二四年（神亀元年三月十三日）に八十八歳で死んだことになっている。これは七二四年（神亀元年三月十三日）に高角村鴨島に聖武天皇の勅命で柿本人麿神社が建立された年をもって没年としたものである。この年から起算して、一七二三年（享保八年三月十三日）に高津・柿本人麻呂神社は朝廷の公認のもとで千年忌を挙行した。

もちろん、流人の時代は不幸な時代である。『万葉集』の没年を採用すれば、その期間は七〇一年（大宝元年）から七〇九年（和銅二年）までの「約八年」と思われ、この時代は「悲劇の時代」と呼ぶことができる。

人麻呂は初めに、天武天皇に下級官吏の舎人として仕えたが、壬申の乱後、持統天皇時代にはもっぱら宮廷歌人として仕えた。特に、その活躍の期間は六八六年（朱鳥元年）から六九六年（持統十年）までの十年間である。人麻呂はこの活躍で「歌聖」の地位を確立しているのは前述の通りである。

筆者の推定によれば、人麻呂は七〇七年秋（慶雲四年十月中旬）に石見国美濃郡高角村（現益田市高津町）を出発し、上京した。旧来、その行程は那賀郡伊甘郷下府村石見国府からと考えられていたが、和歌の内容から配流先の美濃郡戸田郷高角村から出発したとすることも成立する。

上洛の目的は、同年六月に文武天皇が崩御し、七月に草壁皇子紀の元明天皇が即位したが、草壁皇子に近侍したことがある人麻呂はその妃であった元明天皇に祝賀を述べ、遠島の罪から解放されるように嘆願することだった。

一般的に、天皇が崩御したり、即位すると「大赦《たいしゃ》」が行われる。「大赦」とは「古代の赦（無罪放免）の一つで、全国的にほとんどの罪人を赦免すること」であった。朝廷は人麻呂に七〇七年（慶雲四年六月二十四日付）「赦免状」を出した。同状に「連座」とあるのは、大津皇子の変で隠岐国への遠島の刑を受けた息子の躬都良の反逆罪（隠岐国遠島）に連座して処罰を受けたことを示している。

この人麻呂の年譜と位階は、生誕年を六五三年（白雉四年）とし、律令制によって昇任する一般的な法則から位階を推定し、没年を『日本書紀』が柿本猿が死んだ年七〇八年（和銅元年）五十五歳として、人麻呂の臨死歌や、妻依羅娘子及び朝廷の使者、丹比真人の挽歌を作った年の七〇九年（和銅二年）五十六歳とすることによって、新しい視点を提供した年譜である。

この年譜・位階が必ずしも正しいとはいえないが、これまでの調査・研究を一歩すすめ、具体的に歌人の生涯の全貌を明らかにしたものと考える。これまでと異なる点は、勅撰和歌集『万葉集』に収載された和歌、記紀などの歴史、多様な伝承に基づく民俗学などの知見を尊重して編まれた生涯と年譜であることである。

『石見風土記』を読んで、その記憶を思い出して書いたとする那賀郡大田村庄屋の石田春律著

『石見八重葎』には、人麻呂は「藤原京神亀元年八十八歳のとき、石見国高角村高津川河口の鴨島にて没した」とある。また、同地に残る柿本神社縁起を含む、他の人麻呂に関する伝承文も没年はすべて神亀元年説を採用している。現代人である私たちは人麻呂在世の時代はまだ伝承時代であったことを考えてみる必要があろう。

古代の人々が七二四年（神亀元年）を人麻呂の没年としたのは一つの真実を表白したものである。当時の人々が聖武天皇が人麻呂の名誉回復を図ったことを知っており、終焉地に人麻呂を鎮魂する神社を建立した年をもって没年としたのである。そこには古代人の暗黙の了解があったと考えてよい。

前述のように、茂吉は『続日本紀』巻三に「文武天皇、慶雲四年夏四月丙申（二九日）」と書かれている条に「天下疫飢す。詔して振恤を加ふ。但し丹波、出雲、石見三国尤も甚し。……」と記されているのを見つけ、人麻呂がこの国に蔓延した疫病にかかって死んだと推測した。これが正しければ、人麻呂は七〇七年（慶雲四年）四月、五十四歳で疫病（天然痘）で死んだことになる。この年譜の人麻呂没年の一年前となる七〇七年（慶雲四年六月）は、文武天皇が首皇子《おびとのみこ》（後の聖武天皇）を残して逝去しており、草壁皇子妃の元明天皇が即位していた。

ちなみに、茂吉が示唆を受けた『続日本紀』の該当文（原文は漢文）には、「慶雲四年の四月二十九日、国内に疫病が流行、民衆が病と餓えに苦しんだ。文武天皇は詔《のりと》を発して、苦しんでいる民衆を援助させた。中でも丹波、出雲、石見の三国の惨状がもっとも甚しかった。諸国の神社に平癒祈願の幣帛を奉納した。更に、京畿地内や諸国の寺に命じて祈願の読経をさせた」と記されている。この書の記事で、いかに疫病が全国で大流行したかを理解できる。

だからといって、没年を同年とするのには必ずしも同意できない。もう少し生きていたのかもしれないと考えるに値する資料がある。第一の資料は『万葉集』の和歌である。第二の資料は『日本書紀』『続日本紀』などの歴史書である。第三資料は伝承である。茂吉はこの原則を無視し、『続日本紀』の慶雲四年四月二十九日「天下疫餓す」の条を石見国の人麻呂調査の好機と捉えたのはよいが、最終的には独断的な言辞によって不要な混乱を起こすことになった。

結論として、前記のごとく人麻呂の没年を『万葉集』の「臨死歌」が詠まれた七〇九年（和銅二年）とするのが妥当になる。これが正しければ五十六年の生涯になる。

第七章　なぜ流人になったか

隠岐流人第一号——柿本躬都良

隠岐の郷土史家、横山彌四郎はその著『隠岐の流人』で武田祐吉博士編『風土記』（岩波文庫）所収の『石見風土記』の文章を引き、人麻呂の子息、柿本躬都良《かきのもとみとら》が隠岐の流人第一号として配流されたと述べている。

それは持統天皇の六八六年（朱鳥元年丙戌十月）に、大津皇子が死を賜う事件に関係したとする反逆罪での遠島であった。同年、反逆罪で躬都良が配流された根拠となるのは、隠岐国五箇村の神主、藤田薩摩守清次が著した『穏座抜記　躬都良物語』である。

大津皇子は、草壁皇子（天武天皇と持統天皇の間に生まれた）と皇位継承を争う問題で、持統天皇と藤原不比等によって死刑に処せられた悲劇の皇子である。この事件に連座して、多くの官吏が流罪となったが、柿本人麻呂の子息、躬都良もそうであった。これは讒言《ざんげん》による冤罪《えんざい》と考えられ、真の狙いは躬都良との連座で、人麻呂を遠島し、高名な歌人を中央から追放することであった。

人麻呂に男児があったことを示す文献は、『万葉集』の「柿本朝臣人麿、妻の死りし後、泣血哀《なきかな》慟《し》みて作れる歌二首并に短歌」と添え書きがある和歌である。『万葉集』巻二・二一〇の長歌が該当する歌である。

空蝉《うつせみ》と　思ひし時に　取り持ちて　わが二人《ふたり》見し　走出《はしりで》の　堤《つつみ》に立てる　槻《つき》の木の　こちごちの枝《え》の　春の葉の　茂きがごとく　思へりし　妹にはあれど　たのめりし　児らにはあれど　世の中を　背きに得ねば　かきろひの　燃《も》ゆる荒野に　白たへの　天領巾《あまひれ》隠《かく》り　鳥じもの　朝立ちいまして　入り日なす　隠《かく》りにしかば　吾妹子が　形見に置ける　みどり児《こ》の乞ひ泣くごとに　取り与ふる　物し無ければ　男《おとこ》じもの　わきばさみ持ち……

と、人麻呂が第一の妻について詠んだ悲痛な挽歌が存在し、その内容から「みどり児」(男児) がいたことがわかる。

試みに、この長歌を現代語にすると「生きていると思っていたときに手を携えて私たち二人が見た、すぐ近くにそびえる欅《けやき》の木のあちこちの枝に春先の葉が一面にしげるように、幾重にも恋した妻であったが、末長く頼んだ女性であったのに、この世の運命に背《そむ》くことができないから、陽炎《かげろう》の燃える広涼の野に純白の大空の領巾に包まれて、朝鳥のようにとびたち、落日《らくじつ》の如く姿を消してしまったので、妻が形見として残した幼子が乳を乞うて泣くたびに与えるものとてなく、男らしくもなく腋をかかえ上げて……」という意味の歌である。

この「みどり児」が人麻呂と最初の妻との間に生まれた「柿本躬都良」であることに間違いな

い。

しかも、同書には躬都良及び躬都良媛が配流地の隠岐で詠んだ三首の和歌が載っている。

「人麻呂の子美豆良《みとら》作とある歌」として三首を載せる。

むやひの歌　　柿本躬都良作
葛《かつら》尾《お》に月は出でけり　重栖《おもす》潟　霧に水藻《みずも》の白鷺《しらさぎ》や　山彦《やまびこ》かへす釣舟は　千々《ちぢ》に光を　ささを波　夢の山の尾　雁《かり》鳴き渡る
ほかの二首は、躬都良作「妻恋の舞歌」と躬都良媛作「美豆良媛の歌」である。

この伝承が正しければ、人麻呂父子の悲劇を直視しないと、人麻呂が流人になった真実を語ることは困難である。だが、この和歌が事実だとすると、次の推測が成り立つ。

壬申《じんしん》の乱では天智天皇の息子、大友皇子が大海人《おおあまの》皇子（後の天武天皇）と戦って敗れたが、天武天皇には大津皇子と草壁皇子との二人の皇子がいて、皇位継承問題で争うことになった。しかし、持統天皇が直系の草壁皇子に皇位を継がせたいため、藤原不比等と共謀して天武天皇と姉との間に生まれた異腹の大津皇子を死刑に追い込み、草壁皇子を皇太子に就けたことになる。

その後、持統天皇の孫、正妻の子、軽皇子（後の文武《もんむ》天皇）と異腹の葛野皇子《かつらのみこ》との間に、皇位継承問題が起こり、あわや争いになるところを、葛野皇子が「天皇の長男が皇太子になるべきです」といって辞退することによって、軽皇子が皇位継承者に決まっている。この時、皇位継承で天皇の長男が皇位を継承するという慣習が確立したという。

この経緯を検討すると、主導権を確立した持統天皇と藤原不比等によって、天皇継承問題である大津皇子の変で理不尽にも人麻呂父子が政権の中枢から排除されたことになる。罪のない臣下を故意に讒言させて、追放するという悪質な手段で多数の者が厳しい処罰を受けている。明らかに冤罪であるとわかっていて遠島の厳罰をくだしのだから残酷である。

その背景には持統天皇が十分に王権を確立したことにより、もはや宮廷歌人は必要でなくなり、人麻呂を疎んじるようになっていたという事情がある。だから、政界の黒幕である藤原不比等と共謀して子供の罪に連座して遠島を命じるのである。中央集権的な律令国家のもとでは持統帝は独裁者であり、このように邪魔になる者を次々と排除することになる。

しかし、直接にこのような人事を行ったのは持統帝ではなく、行政の頂点にいる藤原不比等であったろう。人麻呂は直接に仕えた持統・文武の両天皇に何度も「赦免」、すなわち「恩赦」を願い出たが、その対象にならず、ついには徒労に終わったのである。

その理由が大津皇子の変で反逆の罪を受け、隠岐に遠島になった息子の躬都良との「連座」であった。藤原不比等は「連座」という巧妙な理屈をつけて高名な歌人を宮廷の中枢から辺地に追放したことになる。

人麻呂は寵愛《ちょうあい》を受けた持統天皇、文武天皇、元明天皇（草壁皇子妃）に「赦免」を申し出たが、

「恩赦」を適用されず、最後に元明天皇へ訴えたときも、父子の名誉回復はついに成らなかった。天皇への罪、すなわち「反逆罪」には恩赦が適用されなかった事情があった。

当然のことながら、文武天皇崩御及び元明天皇即位にともない、「崩御赦」「即位赦」の大赦が行われた。しかし、人麻呂父子には適用されなかったのである。『続日本紀』の該当部分の「但し書き」には、「八虐（謀反・謀大逆・謀叛・悪逆・不道・大不敬・不孝・不義）のうち、既に処刑された者及び強盗や窃盗の罪のうち、一般の恩赦でも罪が免除されない者はこの度の即位赦の対象にならない。流罪になった者のうち、すでに現地へ行った者も、これから行く者も反逆の罪に関わった者以外や移郷の罪に科せられた者は恩赦の恩恵に浴することができる」と書いている。つまり、「反逆罪」であっても、「反逆の罪に関わった者以外」が適用されて、人麻呂父子は恩赦から除外されたわけである。『防長風土注進案』のような伝承資料の中には「赦免」されたように書いているものもあるが、『続日本紀』に天皇への反逆罪に大赦を適用しないという例外事項を作ることによって罪を免れなかった。

後に、大伴家持も息子に連座して、流罪になっている。当時は皇位継承問題という権力闘争に敗者側に加担したとして、その「連座」で流罪になることが頻繁に起こっている。藤原不比等は故意に根拠のない讒言をつくって、多くの臣下をいわれもなく、僻地に左遷・流刑にしたのであるから凄惨である。しかも、家持の場合は本人が一族にくれぐれも用心するように呼びかけた後に、大伴一族の天皇家に対する反逆で二度目の「連座」の罰を受け、その時は家持が死亡したばかりという事情があったにもかかわらず、遺体が埋葬される前に位階を剥奪される憂き目に遭っている。このように、『万葉集』は編纂の中核となった二人の著名な歌人の犠牲の上に成立したことになる。

この事実から『万葉集』は大伴家持の編纂のとおり無修正を維持できたとは決して思えない。この書は権力の介入をうけ、権力者側に都合がよいように修正・改竄されたものであると考える方がよい。そのように思うと、数々の謎が解ける。つまり、人麻呂の和歌は相当に修正されており、史実が曖昧にされていることがわかる。

要するに、正統な歴史書・文学書なら、歌聖の人麻呂を最大漏らさず載せるのは当たり前であるのに、勅撰史書『日本書紀』・『続日本紀』、勅撰和歌集『万葉集』が権力側の陰謀でそうならなかったことから、人麻呂の生涯を正しく後世に伝えることが困難になった。これが真実である。

なお、聖武天皇の治世で、「歌聖」の尊称を与えたのは家持であった。山部赤人も「歌聖」と呼ぶこともあるが、人麻呂の場合は、特別に約四百首の和歌が登載される『柿本朝臣人麿和歌集』が出て、その和歌のほとんどが『万葉集』に載ることになった経緯などから判断して、唯一の「歌聖」として評されることになる。

人麻呂の石見配流の背景を、日本語派と漢語派の確執があったとか、人麻呂が持統天皇に文武天皇の后《きさき》として藤原不比等の女子が嫁《か》すことに反対したことが配流の原因であると主張する学者もいるが、真の理由は人麻呂が持統天皇に寵愛され、天皇家や藤原氏の歴史の真相を知りすぎたために、後に疎んじられて起きた悲劇であったと考える。戦国時代に、豊臣秀吉によって茶人の千利休が自害させられている事例から見て、文化人が権力によって圧迫された事例は多く、それほど政治と文化が拮抗関係にあったといってもよい。

　権力者にとっては文化的な権威を有し、真実を知る人間ほど怖い者はない。あるいは、藤原不比等などの権力者が人麻呂の高名を嫉妬する感情を抱いたことも一因になったかもしれない。

　つまるところ、『古事記』『日本書紀』『続日本紀』は持統天皇と藤原不比等の意向に沿った歴史書であり、史実を歪曲して天皇中心の政権を正統化する手法が用いられた書であった。その典型的な事例が、人麻呂を史書『日本書紀』『続日本紀』に「柿本猨（佐留）」と記して、事実を混乱させ、正史から抹殺しようとしたことである。

　前にもいったが、「人」を「猿」に置きかえることによって歌聖に恥辱を与えたという説は、嘘とはいえない。人麻呂の「終焉地・高津説」の根拠となる綾部家文書にはっきりと柿本人麻呂は柿本猨（佐留）と同一人物であると書かれている。何よりの証拠であり、これが真実である。

石見への配流

人麻呂はなぜ石見に配流されたのか、疑問に思う人も多かろう。その最大の理由は、石見国が代々藤原氏系の国守によって統治された国であったことにある。石見国守は藤原氏から御神本《みかもと》氏・益田氏と姓が変わる。しかし、姓が変わっただけで、藤原氏の血脈であった。

人麻呂の側から見れば、柿本氏は石見との縁が深い、父柿本宋人は「石見守」に任官し、現地妻を得た美濃郡戸田郷小野村は小野氏、綾部氏、春日氏などの大和族が植民した土地柄であった。多くの大和族が石見に植民したので、奈良の大和族と石見の諸族は意外に血脈が近い間柄だったという事情もある。今にいたるも、石見の西部に小野姓が多い。小野氏が戸田郷小野村を中心に勢力を伸ばしたことに由来している。

だから、石見国は人麻呂のような高官で、高名な歌人を配流し、その動静を見張るには好都合な国であった。

『石見風土記』は人麻呂の石見への配流を次のように書いている。

石見風土記に曰く、天武の三年八月、人丸石見の守に任ぜられ、同九月三日左京の大夫正四位上行に任ぜられ、次の年三月九日、正三位兼播磨の守に任ぜられき。爾来持統、文武、元明、元正、聖武、孝謙の御宇に至るまで七代の朝に仕へ奉りし者か、ここに持統の御宇に、四国の地に配流され、文武の御宇に東海の畔《さかひ》に左遷せられき。子息躬都良は隠岐の島に流されて、配所に死去す。(武田祐吉編「墓絵篇『風土記』」、岩波文庫)

これまで人麻呂が持統天皇と藤原不比等によって左遷されたり、配流されたりした事実を述べた文献はあまり表面に出ていない。それゆえに、この記事は衝撃的である。

晩年、人麻呂が石見国に配流された時の官位は、「石見権守《ごんのかみ》」であった。高官が配流されるときには「権守」の称号を使う場合が多かったようである。「権官」とは正員以外に仮に任じられる官吏のことで、はっきりと「正国守」ではないが、それに相当する「仮《かり》の国守」、あるいは「副国守」としたのである。人麻呂のような著名な人物を遇するために表面をつくろうのによい官名であり、一応名誉を守る配慮がなされているが、流人であることには変わりない。

従来、人麻呂は天皇の側に仕える「舎人《とねり》」として、その位階はせいぜい三等官、従六位下の椽《じょう》であり(賀茂真淵説を踏襲した矢富熊一郎『益田市史』などの説)、国内の郡家を巡回して、班田収授の任務をしたり、貢朝使として朝廷への貢ぎ物を奉じたりする役をしていたとされる。

ところが、『石見風土記』では、人麻呂は天武天皇のときに、「石見の守」に任ぜられ、「左京の大夫(宮内庁長官に相当)、正四位上行」となり、さらに翌年には「正三位兼播磨の守」に任ぜられている。そして、持統天皇のときに四国(具体的には讃岐)に、文武天皇のときに東海の畔に配流されている。

その後、元明、元正、聖武、孝謙の各天皇に仕えたとするが、元正以後は史実に照らし合わせてみて、死去したのではないかと考えられる。最近の研究では、文武天皇の崩御のあと、元明天皇即位後の七〇九年（和銅二年）に五十六歳で死去したと考える。茂吉はその二年前の七〇七年（慶雲四年）五十四歳で石見に流行した「疫病」（天然痘）で死んだとしたのは、前に述べたとおりである。

ところで、人麻呂が若いときと晩年と二回石見に赴任したとする説がある。これが事実であれば、若いときの官位（天武天皇の治世）が「舎人」「六位、椽」で、晩年が「正四位上」であったとすることも成り立つ。しかし、人麻呂年譜を検討する限り、石見赴任二回説は無理である。今のところ、人麻呂は幼少期と最晩年を石見で過ごしたとすることで、満足しなければなるまい。

ここでは『石見風土記』で人麻呂が公卿に相当する従五位下以上の高官で、最終的には正三位上行、左京大夫にまで昇進したこと、さらに讃岐、東海、石見に流罪になったことを確認しておきたい。聖武天皇の治世の名誉回復で「正二位」に昇格したことがわかっている。この位階から計算して、後に天皇家から享保年間、千年忌で「大明神・正一位」の神位を追贈されるのが可能になったとする説をなす研究家もいる。

柿本人麻呂の千年忌は一七二三年（旧暦、享保八年三月十八日）に高津・柿本人麿神社で行われた。これに先立つ同年（旧暦、享保八年二月一日）、人麻呂に「大明神・正一位」の神位を贈位する神階宣下のことがあった。『続史愚抄』によれば、「自法皇（注、雲元院）被奉授柿本大明神号千石見神社。此日、被行柿本大明神正一位神階宣下」、すなわち「法皇（雲元院）は自ら柿本大明神の神位を授けられ、千石見神社と号された。この日、柿本大明神・正一位の神階の宣下が行なわれた」とある。これは朝廷が正式に人麻呂に「神号」として「柿本大明神、正一位」の最高神位を贈位したことを意味する。

また、『高津町誌』所収の「柿本神社由緒」や「柿本社並真福寺由緒明細紀」にもこのことが見えている。

此年二月朔日神階宣下アリテ正一位ヲ贈賜フ。即チ禁中ニ於テ勅使ノ儀式厳重ニ宣命、位記、官符ヲ当寺へ納賜ハル。此時神号モ改めて柿本大明神ト勅許アラセラレ寺号モ真福寺ト改メ勅シ玉フ。時ノ御伝奏ハ中院前大納言通躬卿、中山前大納言兼親卿、御諸司代ハ松平伊賀守殿ナリ。諸司代ヨリ当御家へ御指紙ヲ以て当寺ヲ被召登諸事諸司代ヨリノ御指図ニテ令勤玉フ。

（注、このとき鴨島時代以来、柿本人麿神社に併設されていた「人丸寺」が「真福寺」に改名したことがわかる）

一七二三年（享保八年三月十八日）を千年忌とすれば、前述の「由緒」および林道春著『国史実録』巻七巻にいうとおり、人麻呂は七二四年（神亀元年）八十八歳に没したことになる。しかし、現在では人麻呂没年は七〇九年の平城京遷都前においている。前にもいったが、没年を人麻呂の辞世歌が詠まれた七〇九年（和銅二年）とするのがもっとも正当である。

年忌は伝承に従って没年を一七二三年＝神亀元年として計算してよい。伝統文化が必ずしも合理的ではないのは、世界の各国が今でも頑なに自国の伝統文化や伝統慣習を守っていることでもわかる。まして伝承時代だから表現に寛容であり、必ずしも記述が正確でないことがあった。

他の文献で、その生涯がどのように描かれているのか見てみよう。

まず、那賀郡大田村（現江津市松川町大田）庄屋の石田春律が著した『石見八重葎』である。本書には『石見風土記』を読み、その記憶を辿って書いたと記されているから、石見風土記の内容に近い伝承であると考えてよい。この書に記載されている人麻呂伝記「柿本朝臣人丸伝記」を紹介すると、次のごとくである。

　正一位柿本大明神、柿本人丸朝臣ノ氏ハ綾部氏の柿本ニ降臨仕給フ。奇相異骨ニテ二十五歳の時、和歌ノ道ニ達シ給フヲ以テ、国守ヨリ朝廷ニ奏聞セリ。鳳闕ニ被招出、和歌ノ御師読ト成玉フ。石見権守ニ任ス、姓名ヲ給フ。柿本人丸ト世ニ云伝フ

現代語にすると、「正一位柿本大明神の柿本人丸朝臣の氏は綾部氏の柿本に降臨された。奇相気骨で、二十五歳のとき、和歌の道に優れていたので、国守から朝廷に奏上した。朝廷に招き出され、和歌の師読（師匠）とおなりになった。石見権守に任ぜられた。姓名を賜った。柿本人丸と

世にいい伝えた」となる。
また、同書によると、人麻呂年譜は次のごとくである。文中に「二十三歳の頃、都に上り、柿本猨（佐留）と改名した」と書かれているのには注目されたい。

人麿は石見国美濃郡戸田郷の語家（語り部）の綾部氏に生まれ、大化元年十五歳のときに詩歌を志した。十八歳の頃から、戸田郷内の高角村石川（注、現島根県益田市高津町高津川）の辺りに住み、近隣の村々の子弟に詩歌を教えた。二十三歳の頃、都に上り、柿本朝臣佐留（猨）と改名した。二十六歳のとき、天智天皇が在位した頃、石見国守に任ぜられた。石見国では屋敷は那賀郡伊甘郷の御所にあった。その後、築前国、木の原殿に移り、近江国滋賀郡に都仕えした。三十歳、位階が従六位下のとき、讃岐権守に仰せ付けられ、讃岐に船で下るが、三十五歳のときには天智天皇近江国滋賀郡に都仕えをした。四十一歳、石見国那賀郡角野本郷の医師、井上道益の娘依羅娘子と結婚した。四十三歳、天武天皇のとき、播磨国の介に任ぜられた。位階は正六位で、明石の屋敷に住した。（蟄居）四十七歳、正六位下の頃、天武天皇から持統天皇元年まで、肥後権守に仰せ付けられた。藤原京神亀元年八十八歳のとき、石見国高角村高津川河口の鴨島にて没した。

さらに、「寺島了安評曰、人丸ハ石見産ニテ持統文武両朝ニ仕、古今独歩の歌仙ナリ。聖武天皇神亀元年三月十八日石見国ニ卒。恐ハ賜爵。大和国葛下郡柿本人丸ノ墓アリ」と書いている。

この記事では、人麻呂は天智天皇の時代に「石見守」として石見に赴任し、晩年、再び流人として石見国の高津・鴨島に配流されたとしている。いわゆる石見国赴任二回説である。

一方、正徹の著した歌論書「徹書記物語」は、島根県益田市高津町の柿本人麿神社にある「人麿像」について次のように書いている。

此所は西の方には入海有りて、うしろにはたかつの矢がめぐれる所に、はたけ中に宝殿造の堂に安置申したり。かたてには筆を取り、かたてには紙をもちたまへり。木像にて御座也。一年大雨の降りし折は、そのあたりも出水、海のうしほもみちて海になりて、此堂もうあしほか波かにひかれて、いづちとも行かたしらずうせ侍りき。さて水ひきたりし後、地下ののが波にひかれて、其跡に畠をつくらんとて、すきくはなどにてほりたれば、何やらんあたるやうにきこえしほどに、ほり出してみたれば、此人麿也。筆もおとさず持ちてもくずの中にましましたり。ただ事にあらずとてやがてさいしき奉りて、もとのやうに堂をたてゝ安置し奉りけり。此事伝へて二三ヶ國のものども、みなみなこれへ参りたりけるよし。人のかたりしを承侍りし。此高津は人麿の住みたまひし所也。

萬葉に、

石見のやたかつの山の木の間より我がふる袖をいもみつらむか　（巻二・一三二）

と云う歌は、こゝにてよみたまひし也。これにて死去有りけるなり。自逝の歌も上句は　同じ物なり。

石見のやたかつの山の木の間より此世の月を見はてぬるかな

とある也。人丸には子細のこと也。和歌の絶えんとする時かならず人丸の再来して、此道を継ぎ給ふべき也。（「徹書記物語」、『日本歌学大系』所収）

本書では大雨による大洪水で神社から人麻呂の木像が押し流され、農民が畠から御神体の人麻呂像を掘り出し、もとの堂に安置したと書いている。

また、『石見八重葎』では都野津の医師・井上道益の娘である依羅娘子を妻としたとある。大和で結婚した最初の妻、二番目の妻は死没しており、最初の妻には和歌にあるように、男の子・柿本躬都良がいたことがわかっている。したがって、前妻二人と死別したあと、石見で再婚した依羅娘子という妻がいたことは確かである。

『石見八重葎』には、人麻呂が高津・鴨島で依羅娘子と一緒に暮らしていたとの記述が見えて興味深い。原則として、国守のような高官を除き、地方官吏として現地に赴任するとき、妻を同伴することは禁じられていた。それゆえ、中央から派遣され、地方の国府に任じられた国司は、地方の豪族の娘（大領・少領などの娘）を現地妻にする場合が多かった。

伝承が伝えるように、都野津の医師井上道益の娘が現地妻の依羅娘子（石見娘子）や戸田郷小野村の娘子である可能性もある。いずれにしても伝聞以外に確証となる文献がないから確定できないが、現地妻がいたことは確かである。ともあれ、依羅娘子は宮廷文学『万葉集』に石見相聞歌として名をとどめた女である。

奈良県『新庄市史』の人麻呂

さらに、奈良県の『新庄市史』にも人麻呂に関する興味深い記述がある。その「柿本人麿」の項は次のように述べる。

当地における伝承は柿本村に柿本宋人なる人あり、朝廷に仕え石見の国守となる。任国に在る日曾つて国中を、巡視し、同国戸田郷小野邑に至る。綾部氏なる才女あり。歌詠に妙なる故に宋人之を寵し、納れて婢となす。竟に孕めるあり一子を挙ぐ。乃ち人麿これなりと。後、宋人任満ち郷に還るといえども綾部氏と人麿は止りて石見に在り。綾部氏長寿にして百才に至る。人麿性慧敏にして慈母の私淑稟け、また和歌に長じた。その在世の間は定省勤苦、曾て須叟も膝下を離れず。孝養をつくし、母の死後、父の郷里なる柿本邑に住んだ。柿本には今なお石見田と称する地がある。これ人麿の来住の地という。出でて文武天皇に仕え、寵遇優涯、屡々聖駕に扈従して各地に遊び至る処で歌を詠んだ。人麿の歌、素より多く、晩年柿本邑において依佐良姫を娶って同棲し、この地に死んだ。（中略）柿本氏の本郷は大和北葛城郡新庄邑大字柿本ということになっている。

この伝承では、人麻呂の生誕地は石見国である。また、母親が綾部氏の女としているのが注目される。

なお、「柿本神社には紀僧正の作と伝える『人丸像』があるが、左膝を折り右足を前に出し座し、左手は膝息により右手に筆を持っている。墓は社の北側にある」と書く。その像は異形で、益田市高津町の柿本人麿神社が所蔵する像とは異なる。

古代史によると、大和族は大和地方に上陸したとき、最初に奈良の葛城《かつらぎ》（現葛城市）辺りを本拠地としたと伝えられる。したがって、柿本氏は大和族の中心にいたことになる。本来、公卿以上になる資格が与えられるのがこの階層である。当然ながら、人麻呂の父・宋人が「石見国守」として石見に赴任したこともありうる。

また、益井忠恕編著、綾部政之助発行の『贈正一位柿本朝臣人麻呂記事』は、「石見守」に任ぜられたことに触れて次のように記す。

石見守に任ぜられることハ戸田柿本神社旧記に拠る前々太平記には石見権守とせり。三位に叙せられしは古今集序並戸田柿本社旧記などによる。詞林採集にも石見風土記を引て天武天皇（文武天皇の誤写ならんといへり）四年三月九日序三位兼播磨守とあり戸田柿本社旧記には文武天皇の朝に正三位に昇り給ふとあり。

古今集真名序にほれきみつのくらゐ（正三位也）また同集淑望の眞名序には先師柿本大夫

とあり亦敦光の人麿の賛には大夫姓柿本名人麿とかけり。（中略）殊に紀貫之等勅を奉じて撰集せる書に六位なる人を正三位とかき又淑望敦光等も三位以上をも云四位五位ならでは称すべからざる大夫と云ことを六位なる朝臣に書かるべき道理なきことなり。

又聖武天皇の御宇に正二位内大臣を贈り賜へるを以て考るも生前六位なりし人麿に没後にはるかに数階を踰えたる御贈位のあるべき事とも覚へず。或は聖武帝の御贈位の事は正史に載せざれば確証なし難しといはんか。中御門帝の享保八年に正一位をご追贈あらせられたるに於ても知るべきなり。


官位は、律令制（大宝律令）にもとづいて、『古今集』の「仮名序」に正三位とあり、従ってその後に追贈により正二位、正一位に昇進できたとする。また、大夫《たいふ》（長官）の称号は五位以上でないと使わない。

それゆえに人麻呂の階位は高官であるから、生前に従六位の下級官吏とするのはおかしい。正四、五位でないと「大夫」になれないし、『古今集』「仮名序」がいう「ほれきみつのくらい」は正三位で、生前正四、五位以上であったから、死後に正二位、享保八年には正一位大明神が追贈されたのだと筋立てて述べているのは興味深い。

さらに、「祠廟」の項には、「聖武帝後に僧行基を石見に下し給ひ勅して鴨島に朝臣の祠廟及び社務寺を創立なし、此際朝臣に贈位なし給へる等の事によりて考るも帝の春宮たりし時寵眷の渥かりしことは知るに余りあり」と述べ、朝廷（持統天皇・文武天皇など）の人麻呂への寵愛が深かったことがわかる。

文脈からわかるのは、聖武天皇の時代に朝廷の命令で、高津・柿本人麿神社は建立されたことで、その観点から由緒ある神社であり、墓所である。

奈良県の『新庄市史』では、人麻呂の生誕地が石見国の美濃郡戸田郷小野村とあり、総合的に判断すると、人麻呂は石見国戸田郷小野村に生まれ、配流地の石見国戸田郷高角村石川辺りの鴨島に没したとするのが妥当であろう。奈良県葛城市にある人麿神社の墓地は分骨された墓地である。

第八章　聖武天皇による名誉回復

石見国府について

次に、人麻呂石見来訪時代の「石見国府」について考える。野津左馬之助編『島根県史』第五巻（島根県発行）によると、国府は邇摩郡仁萬村字御門（現島根県大田市）にあったという。しかし、山本清島根大学名誉教授編『新修島根県史』では「那賀郡における石見国府は那賀郡国府町（現島根県浜田市）にあたる「伊甘郷」にあったことは明らかであって、『延喜式』兵部省の条に記す石見の駅馬が羽爾、託農、江東、江西、伊甘の順に記されていることからもっともよく示されている。当初から伊甘の地に国府があったと考えられるのである」とし、仁万説を否定する。

山本がまったく邇摩郡仁萬村国府に言及しないのは、相当の理由があると考えられる。今日、多くの歴史家が那賀郡伊甘郷下府村・石見国府説を採用しているからである。

そうだとすると、流人の人麻呂は那賀郡伊甘郷の石見国府に出仕したことになる。石見国府の歴史を述べておくと、次の通りである。

七〇一～七〇三年（大宝年間）に律令体制が確立して石見国府は那賀郡伊甘郷下府村（現浜田

市）に設置された。七〇三年（大宝三年）の秋、息子である躬都良の反逆罪の連座で都を追放された人麻呂は讃岐・淡路島・東海を経て、七〇五年（慶雲二年）に那賀郡伊甘郷下府村（現浜田市国府町）の石見国府に到来した。七〇七年（慶雲四年六月十五日）、文武天皇が崩御し、同年（六月二十四日付）「赦免状」が人麻呂にとどく。同年（慶雲四年七月十七日）、元明天皇（元草壁皇子妃）が女帝に即位した。同じ年（慶雲四年十月十六日頃）、人麻呂は平城京への上洛を決意して石見を発ち、上京したが、前述のように元明天皇の通達で「大赦」を受けられず、播磨国の明石（現兵庫県）、河内国の多々良宮（現大阪府）、長門国の大津郡油谷村（現山口県長門市）に蟄居し、おわりに終焉地の石見国美濃郡戸田郷高角村石川、鴨島に戻っている。

『続日本紀』によると天武天皇、あるいは元明天皇即位に伴う「大赦」で大半の罪人は釈放されたが、人麻呂の場合は「天皇への反逆罪以外」の者だけが「大赦」を受けることができる条項にもとづいて、息子の躬都良が受けた反逆罪に「連座」して「大赦」が適用されなかった。

前述のごとく、七〇九年（和銅二年）高角村高津川（石川）の鴨島で「鴨山の岩根しまける我をかも知らにと妹が待ちつつあるらむ」の辞世の歌を遺して死んだ。同地から離れた場所に住んでいた依羅娘子は今は亡き夫を偲び、第一章で述べた慟哭の挽歌二首を歌い上げた。

その後、朝廷から派遣されて益田の石見鎮所（現益田市三宅町）にやって来た高官の丹比真人は、大塚・中須連丘（鴨島跡）に立って短歌一首を詠んだ。

上記の年譜に従うと、人麻呂の流人生活は明石・多々良・長門・高津蟄居を含む、七〇一年から七〇九年の約八年間である。

その後、石見国府が襲撃を受ける事件が起こり、石見国は律令体制が崩壊し、久利氏（安野郡）、佐波氏（邑智郡）、小笠原氏（邑智郡）、御神本＝益田氏（那賀郡、後に美濃郡）、吉見氏（鹿足郡・美濃郡）などの豪族が乱立して中世へ向かう。つまり鎌倉時代以後は、石見は一国の体をなさなくなり、群雄割拠の状態を迎えたことになる。

聖武天皇による名誉回復

いよいよ人麻呂の最大の謎である死後の名誉回復について述べなければならない。没後、人麻呂はあたかも不死鳥のように復活し、その後、生前の白鳳時代の天武天皇・持統天皇・文武天皇治世下「十年の栄光」以上に輝きを増していくのはなぜか。その歴史的な経緯を述べる。

その鍵となる人物は聖武天皇である。聖武天皇は持統天皇の意思を継いで東大寺・大仏殿を建設し、全国にその分院として国分寺・国分尼寺を建立した英明な天皇であった。ところが、この時代は大宝律令が制定され、その官僚制の頂点に立った藤原氏が権力をふるった時代であった。

偶然であるが、その頃、疫病の天然痘が大流行し、多くの人々が死んだ。この時期に参議として官僚の頂点にあった「藤原の四卿」が疫病で相次いで死去するという事件が起こった。つまり、藤原氏が支配する大宝律令の官僚政治が一時的に後退したのである。

聖武天皇及び名族は官僚の横暴を嘆いていたから、これまで夢に描いていた天皇親政復活の好機到来と受けとめた。天皇は名族の橘諸兄、大伴家持、紀貫之、丹比真人らを起用して、天皇親政を断行することに決し、まず白鳳時代の象徴として人麻呂の名誉を復活する政策を掲げる。そして、その政策の目玉が『万葉集』編纂の大伴家持、橘諸兄らへの勅命である。

『古今集』巻十八に、文屋有季《ふみやありすえ》の一首がある。

貞観《じようがん》に御時、「万葉集はいつ許つくれるぞ」と問はせ給ひければ、よみて奉りける

神無月《かんなづき》しぐれふりけるならのはの名に負ふ宮の古言ぞこれ　（巻十八・九九七）

貞観の清和《せいわ》天皇の時代、文屋有季が天皇の問いに『万葉集』は「奈良の宮の古言です」と答えたというのである。

人麻呂の名誉回復が行われたのは、「奈良の宮」である平城京の聖武天皇の治世下であったというのである。理由は聖武天皇は律令制度が施行される中で、天皇や名族に代わって藤原氏などの官僚が台頭したことによって、天皇の権威が著しく低下したことを憂慮したことにある。

天智天皇・天武天皇・持統天皇・文武天皇などの天皇親政の時代から藤原不比等などの官僚が幅をきかす時代へと変化するのは、大宝律令など律令制度整備の当然の成り行きであった。律令とは天皇を補佐する官僚が主導する法治国家であって、天皇の政治的な実権が官僚に移るのは必

然であった。つまり、政治の実態は官僚政治であり、天皇親政とはほど遠いものになっていく。

この事態を憂慮した聖武天皇及びそれに連なる名族は再び天皇親政を復活させることを願望するようになる。

天皇親政を取り戻すには何をすればよいかが焦眉《しょうび》の急になった。それは皇親政治が頂点にあった天武天皇・持統天皇・文武天皇の時代、すなわち白鳳時代の栄光を取り戻すことにほかならなかった。天皇の親政を復活するには、中国文化である律令制度に代わって、日本文化である「古きよき時代」に見習って、天皇中心の政治に回帰することである。

聖武天皇は奈良・平城京に大仏殿の東大寺を建立し、仏都の建設に成功したが、政治のあり方について不満を感じていたことは確かである。

歴史家の中には「四郷の死」は一時的に歴史の後退を招いたとする。律令制体制を維持・発展することが政治の革新であると考える立場からの主張である。「天皇親政」を歴史の逆行と見たのである。

ところで、『万葉集』の編纂については平城《へいぜい》天皇が勅撰したという説がある。紀貫之が書いた『古今和歌集』の「仮名序」には「古《いにしえ》よりかく伝はるうちにも、平城の御時よりぞ広まりける。かの御代や歌の心をしろしめしたりけむ。かの御時に、正三位柿本人麻呂なむ歌の聖なりける。（中略）また山部赤人《やまべのあかひと》といふひとありけり。歌にあやしく妙なりけり。人麻呂は赤人の上に立たむことかたく、赤人は人麻呂の下に立たむことかたくなむありける」の一節がある。

「古へよりかく伝はるうちにも、ならの御時よりぞ広まりける」とは、「昔からこのように伝わるうちにも、平城天皇の時よりとりわけ広まったのである」という意である。平城天皇の勅命で『万葉集』の編纂が行われたとする。

平城天皇は「平城帝」の別称があり、在任は八〇六年（延暦二十五年）から八〇九年（大同四年）までの僅か四年間で大した事蹟がない天皇であった。「ならの帝」と呼ばれたことから聖武帝との混同が生じたものと思われる。

しかし、聖武天皇と平城天皇と比較すると、和歌集の勅撰に対する動機の点で聖武天皇の方がはるかに上回っている。だから、その後の歴史を辿ると、佐佐木信綱も述べているように、どうしても聖武天皇の勅命で大伴家持、橘諸兄らが編纂したとする説が有力になる。

天皇親政への回帰策として宗教・文化を興隆することが急務となった。その第一弾が聖武天皇、橘諸兄宰相や行基大僧正による平城京における東大寺・大仏の建立であり、その分院として各国における国分寺・国分尼寺を建造せよとの命令であった。第二弾が国文学の振興策として、大伴家持に命じて『万葉集』を編集することであった。そして、人麻呂に「正一位」を追贈し、行基大僧正に命じてその終焉地に柿本人麿神社及び人丸寺を建立することであった。

実は、家持はこの時期に人麻呂に「歌聖」の尊称を与えている。白鳳時代の『万葉集』の中核を担う歌人が人麻呂であることを内外に明確にする必要があったのである。人麻呂は天智・天武・持統・文武と続く白鳳時代の精神を体現した歌人であったからである。

このように『万葉集』が完成することは天皇親政時代である白鳳時代の精神を再現することである。『万葉集』によると、七三二年（天平四年十一月八日）に聖武太上天皇が橘諸兄の屋敷に行幸して歌会を開いており、家持の太上天皇讃歌の歌が見える。これを初めとして、しきりに和歌の宴が催される。七五四年（天平勝宝六年）の『万葉集』編集の勅命も、歌の宴で発表された。

橘諸兄や家持は和歌の力で中国学・官僚派の藤原仲麻呂と闘おうとしたのである。七三二年に『万葉集』は最初の編集を開始したのだから、実質的に聖武帝が『万葉集』を勅撰し、編集を命じたことになる。

奈良朝時代は、武の力と和歌の力が同等とみなされた時代であった。たとえば、大伴氏は武門と歌門の家で、代々、軍事と歌作で栄えた。歴史学が見る大伴は武門の家であり、壬申《じんしん》の乱の大伴安麻呂や、征隼人《せいはやと》持節大将軍の大伴旅人が活躍した。他方、文学が見る大伴は歌門の家であり、大伴旅人、大伴家持のほか多数の歌人を輩出している。後に、「文武両道」という言葉が日本人の理想像になるわけだが、この時代に起原を求めることができる。

古代、相手を平伏《へいふく》することを「言向け和す」、すなわち「ことむけやわす」と表現する。古くより、言霊《ことだま》信仰があり、言葉を尊んだが、『万葉集』に次の歌がある。

敷島《しきしま》の日本の国は言霊のたすくる国ぞ幸《さき》くありこそ　（巻十三・三二五四）

この歌は「敷島の日本の国は古来、言葉の魂が人を助ける国なのだ。私の祝福のとおり無事に帰ってきてほしい」という意である。元来、言霊思想は神にささげる和歌が詔《みことのり》や祈願文であったことを示している。

九〇五年（延喜五年）頃、『古今集』は醍醐《だいご》天皇の勅命によって、紀貫之たちが編集したものである。紀貫之の和歌にかける情熱は、この直前、九〇三年（延喜三年）に死んだ菅原道真《すがわらのみちざね》の遺志を継ぐものである。道真といえば、右大臣になったのはよかったが、左大臣の藤原時平との政争に敗れて九州の太宰府に流人として配流になった。

死後、道真の死霊は怨霊《おんりょう》になって人々を悩ませた。いわゆる御霊《おんりょう》信仰はそこから始まったとされる。祟りを除くためには、道真を神として手厚く祭らなくてはならなかった。それが天神《てんじん》信仰になったのは周知のとおりである。

この道真の遺志を継いだ貫之のなかに、当然のことながら天皇親政に対する藤原氏の侵犯への反抗があったはずで、紀氏は奈良朝以来の名族だったが、新興の藤原氏のために衰退の運命にあった。

つまり、当時の勢力図ははっきりと紀氏と藤原氏の闘いであった。律令制度とは律（刑法）と令（民法その他）を決めて、行政を規格化しようとする奈良朝以来のものである。この制度が以前からの天皇を頂点とする名族による政治を破壊し、官僚政治を実現させた。つまり、世襲による氏族政治から、能率的な官僚政治へと大きく政治を変えつつあった。

『古今集』はこのような政治情勢の中で発議されたのだから、一種の藤原氏対策と考えることができる。それは天皇親政をとり戻す一大運動であって、怨霊となった道真の慰撫《いぶ》となるべきものであった。

古代においては、神のお告げ、すなわち信託《しんたく》は大切であった。そして、信託と同じように重んじられたのが和歌である。

和歌は、歴史においてつねに外来文化の波をかぶりつづけてきたわが国の、もっとも伝統的に依拠する基盤であったかもしれない。大伴は武の家でありながら、歌の家でもある。この大伴が天皇親政を夢見て、天皇側について藤原氏に対抗すれば、聖武天皇は和歌の力で藤原氏と対抗したことになる。

古代国家は中国の律令制を導入することによって制度をととのえ、新しい国家として再生することができた。律令は中国の法家思想である。この中国渡来の思想は、もちろん漢字・漢文によって成り立つものだから、和歌対漢文という図式をつくる。それはそのまま大伴氏対藤原氏、紀氏対藤原氏、天皇家対藤原氏という図式に重なってくる。

先に触れたことだが、『万葉集』の編集については、『栄華物語』に「孝謙天皇のもとで、天平勝宝五年に左大臣の橘諸兄を始めとする朝廷の人たちが集って、『万葉集』を編集した」という文があり、その時期を「天平勝宝五年春二月」と書いている。

この日付は『万葉集』第十九の最後と一致する。この巻は七五〇年代の天平勝宝五年二月一日から始まり、同年二月二十五日の歌で終わる。巻十九の最後の歌は有名で、家持が詠んだものである。

うらうらに照れる春日《はるひ》に雲雀《ひばり》あがり情《こころ》かなしもひとりし思へば　（巻十九・四二九二）

という一首で、「うらうらに照っている春の日に、雲雀が飛びあがり鳴いている。心は悲しい、ひとり物を思うと」という意である。

実は、石見地方の伝承『戸田柿本社舊記』には、聖武天皇が大僧正の最高位にあった行基に命じて柿本人麻呂の終焉地に神社・社務寺を創建した記事が載っている。すなわち、人麻呂は天武・持統・文武・元明の四帝に仕えたとし、「聖武帝後に僧行基を石見に下し給ひ勅して鴨嶋に朝臣の祠廟及び社務寺を創立なし比際朝臣に贈位なし給へる等の事によりて考るも帝の春宮たりし時寵眷の渥かりしことは知るに餘りあり」とある。

その意味は「聖武天皇は僧の行基を石見に行かせて、勅命で鴨島に人麻呂の墓所を創建されるなどの事蹟によって考えてみると、聖武帝が在位のときに寵愛が厚かったことがわかる」ということである。すなわち、皇親政治の復興と人麻呂の名誉復活は同一線上にあり、聖武天皇はこの時期に宗教界の頂点にいた行基大僧正に命じ、終焉地ばかりでなく全国の人麻呂ゆかりの地に人麿神社を建立するように命じたと考えられる。

　おそらく、聖武天皇が天皇親政の復活のために勅撰和歌集『万葉集』の編集を決断したとき、まず最初に人麻呂の名誉回復を考えたであろう。その具体的な最初の事業が、僧行基に石見国美濃郡戸田郷高角村石川（現島根県益田市高津町高津川）の鴨島という半島に壮麗な神社・社務寺を建設させることであった。

　しかし、一〇二六年（万寿三年）、人麻呂終焉地の鴨島が地震・津波によって、島が没する歴史的な運命によって、高津・柿本神社の所在地は鴨島（現島根県益田市中島・大塚・中須連丘）から高津・松崎へ、さらに現在の高津・高角山＝鴨山（美濃戸田郷高角村＝現島根県益田市高津町）へと移ることになった。津和野藩主の亀井茲政は高角山を奈良時代の古い呼称である鴨山と呼ぶようにしたのである。

最高位の神になる

　前述したように、聖武天皇によって人麻呂の名誉回復が果たされた。その結果、終焉地の石見国美濃郡戸田郷高角村鴨島に墓所となる神社が建立され、享保年間、「柿本大明神　正一位」の最高神位が贈位された。詳しくその経緯を考えてみたい。

まず、人麻呂の場合、なぜ聖武天皇が勅命で終焉地である高津・鴨島に神社を建立したか、また享保年間の千年忌に霊元天皇が「柿本大明神　正一位」の最高神位を贈ったかが問題となろう。すでに述べたように、第一の理由は、天皇家に人麻呂の名誉を回復することによって古きよき時代の皇親政治をとり取り戻したいという強い願望であったことである。

古きよき時代とは人麻呂が好んで詠んだ和歌が天智・天武・持統・文武の四天皇に仕えた時代で、特に天智・天武天皇時代を偲ぶ和歌は天皇親政の時代を指す。その観点からみると、人麻呂神社の建立は歌聖の名誉回復と同時に聖武帝の天皇親政時代への回帰の決意を表す象徴的な出来事であった。

古代の日本国では人は死ぬと誰も神になる。しかし、神社を建てる営為は特別の神しか対象にならない。伝承によると、朝廷の命により人麻呂は大きな墳墓をつくった上で、宏壮な神社及び付属の寺院が建てられている。なぜであろうか。名誉回復という以上の意味がなくては、こんなに丁重に死者を葬ることはない。

実は、聖武天皇の治世には特別な理由があったのである。すなわち、天然痘という疫病が大発生して多数の人民が死んだばかりでなく、その上に疫病にかかって政権の中枢部にいる高官が次々に死去するという事態が発生した。

その典型的な事例が藤原不比等の子らで、参議に列していた「藤原氏の四郷」が疫病で相次いで死ぬという事件が起った。当然ながら、そこに政治的な空白が生まれた。この空白を埋めたのが天皇が自ら治める皇親政治であった。

当然ながら、聖武天皇は天然痘の大流行という事態に恐れおののいた。古代にあっては、天皇は自分の不徳によって祟りを招くと信じていたからである。人々の心に具体的に浮かんだのは、為政者が持統天皇時代に宮廷歌人とあがめられた柿本人麻呂を流刑に処し、石見の僻地で死にいたらしめた罪業であった。全国の誰も持統天皇の時代に藤原不比等が主導して人麻呂を讃岐・淡路・石見・播磨・河内・長門に配流したことを知っていた。人々は人麻呂が強い怨念を抱いた神だと考えた。

それゆえ、天皇ばかりでなく、高官から庶民にいたるまで、うち続く災難を人麻呂の祟りではないかと思ったのは当然である。古来、日本人には無実の罪で迫害して死に至らしめた場合、天の祟りがあるという思想があった。これは怨霊思想というが、いわゆる「怨霊」による天からの祟りであり、罰である。今日でこそ、医学の進歩で疫病の原因が細菌やヴィールスの感染であることを知っているが、死の原因がわからなかった時代には、災難から救済されるには神仏にひたすら加護を祈るしかなかった。つまり、死者の霊をしずめることが必要だった。そういう考えにいたると、聖武帝や取りまきの名族たちは果断な行動をとったことになる。

すでに述べたように、まず人麻呂の名誉回復を果たすため、大伴家持に命じて『万葉集』の編墓事業を推進した。次に、大僧正の行基に命じて石見・高津の終焉地に神社（墓）を建立し、ねんごろに葬った。

このような経過を述べると、太宰府に左遷された菅原道真《すがわらのみちざね》を思い出す人も多いであろう。道真は何の落ち度もないのに、左大臣の藤原時平によって突然に太宰府に左遷された。それは藤原氏が牛耳る政権が理不尽にも彼を地方に追放したものである。ところが、その後、平安京では疫病が大流行し、藤原氏が落雷に遭う事件まで起こった。人々は道真の祟りを恐れおののき、朝廷は祟りをしずめるために天神を祀る神社である天満宮を全国に建立するように命じた。道真は人麻呂の熱心な尊崇者であった。これは奇しき一致符合である。当然であるが、菅原氏と藤原氏は政治的に対立関係にあったのである。

このようにみると、柿本人麻呂は菅原道真の先例であったことがわかる。古代人は怨霊が大きい神がより大きい霊力を発揮すると思ったから、全国各地に人麻呂と道真の多数の神社が建立されることになった。

今日、柿本人麿神社の総数は全国で約二百五十二社に達する。実は、それは道真を祀る天満宮の総数を上回る。前にも述べたように、江戸期の享保年間、高津・人麻呂社で千年忌が盛大に催された大祭に際しては、朝廷は「柿本大明神　正一位」の最高神位を贈った。天皇家の霊元天皇は人麻呂にそれほどの礼を尽くす必要があると考えたのである。

さて、人麻呂信仰を「祟りへの畏れ」というのはいいが、「迷信」というのは間違いである。第一義的には人麻呂は「和歌の神様」で、「学問の神様」である。その背景には罪なき人への遠島などの罰は「祟り」を招くというわが国固有の思想がある。「五穀豊穣の神」とか「紙漉の神」「病気平癒」などは容認できるが、学者の中には人丸《ひとまる》だから「火がとまる」「人が生まれる」などという迷信から神社が建立された例があるなどと主張する学者もいる。少し言葉を慎んだほうがよい。

桜井満『柿本人麿論』付録「柿本人麻呂関係社一覧」によると、全国に二百五十二社の柿本人麿神社がある。もっとも多いのは山口県で、九十三社である。精査してみると、山口県に柿本神社が多いのは、渡来人の守護大名の大内氏による人麻呂信仰が防長の村々に浸透した結果であることがわかった。

次いで多いのが島根県で、約三十四社ある。その理由は同地が流刑地で、終焉の地であるからである。そのうちでも終焉地とされる西部の美濃郡＝現益田市には十二社の人麿神社がある。同一の神社がこれほど集中しているのは全国に類例をみない。

歴史学会や国文学会には神社・仏閣の存在を無視する学者がいる。神社・仏閣は死者の霊を鎮魂する場であり、少なくとも研究調査の重要資料とするのは当然である。万葉学者が誤謬をおかすのは詩歌だけで判断し、歴史・民俗を無視するときに起きることを肝に銘じるべきである。実際に、人麻呂研究は和歌のみで判断され、歴史や民俗が無視された結果、しばしば誤解・誤認という陥穽《かんせい》に落ち、歌人と和歌が正当に評価されず今日に及んでいる。

人麻呂は元明天皇に「大赦」を願い出たが赦されず、明石の蟄居に次いで、河内国河内郡の多々良宮に蟄居した。多々良宮は渡来人が多く住む地方で、鉄器・鋳物を生産していた所である。その後、長門国大津郡油谷村（現山口県長門市）に滞在した。

多々良宮の起原は須佐之男命を祭神とする河内国の新羅《しらぎ》神社である。製銅・製鉄の技術をもった渡来人の集団である。大内氏一族は多々良が浜に上陸し、「たたら」、すなわち製銅・製鉄を生《せい》業《ぎょう》として勢力を伸ばした。大内氏が鋳物製造の中心であった河内国の多々良宮と関係があったことが、防長地方に人麻呂に対する信仰が広まった理由の一つであると考える。

迷信から多くの神社が建ったとするのは、人麻呂の神性に対する冒涜《ぼうとく》であり、容認できない。迷信論をふりまいている学者は、ぜひ山口県長門市油谷町人丸の人丸社や島根県益田市高津町にある柿本人麿神社総社に足を運んで、参拝してほしい。こんな僻地に広大な神域に壮麗な神社が建っているのを見て驚嘆するであろう。歌聖人麻呂への信仰の厚さから神社が創建されたのは明白である。人麻呂信仰の広がりを理解しなければ、真に人麻呂を理解したとは言い難い。

特に、益田市高津町の神社と明石市の神社は有名であるが、これら二社は人麻呂が詠んだ和歌が有名であり、ともに流人の人麻呂が配流された地に建立された、由緒《ゆいしょ》ある神社である。

柿本人麻呂の旅の歌八首の中に、明石で詠んだ有名な和歌が次の二首である。

ともし火の明石《あかし》の大門《おほと》に入る日にか漕ぎ別れなむ家《いえ》のあたり見ず　（巻三・二五四）

天ざかる夷《ひな》の長路《ながじ》ゆ恋ひ来れば明石の門《と》より大和島見《やまとしまみ》ゆ　（巻三・二五五）

日本には、古来、自然葬として風葬と土葬があった。前者は遺体を自然に放置して野ざらしにし、後者は土地に穴を掘って埋めるものである。ところが、大陸から仏教が伝播し、国家宗教となって火葬が行われるようになり、持統天皇が最初に火葬された。その後、奈良時代以降、火葬が次第に主流になっていく。

おそらく、石見国で神社が建ったのは物部神社が最初であろう。中央政権で藤原氏と争って敗北し、物部氏一族は石見の地で露と消えた。島根県大田市川合に建つ物部神社は物部氏の終焉地であり、今日、「石見国・一の宮」と呼ばれている。その観点から、島根県益田市高津町にある柿本人麿神社は柿本氏一族の終焉地に建つ神社といってよい。高津・柿本神社は全国約二百五十二社を代表する「本社」あるいは「総社」と呼ばれている。

以上のことから、石見国の東部に物部神社、西部に柿本神社が建立されたのには、大和政権の大きな意思が働いていることがわかる。

偉大な天才歌人

天武天皇・持統天皇・文武天皇の治世を白鳳時代という。この時代は『古事記』『日本書紀』及び『万葉集』の編纂が国家事業として取り組まれた時代であった。

これらの古代の三事業はわが国の文化事業として推進され、後世から歴史上の文化遺産と呼ばれるにふさわしい事業であった。『古事記』『日本書紀』は歴史書であり、『万葉集』は文学書、勅撰和歌集である。いずれの書もわが国古代の最初の歴史書と文学書で、画期的な書であった。

これまで述べたように、『万葉集』は聖武天皇の治世に大伴家持によって勅撰和歌集として完成した。

極言すると、『万葉集』編纂の中核的な歌人は、前期が柿本人麻呂で、後期が大伴家持であるといってよい。

前期を担った柿本人麻呂は『万葉集』に登載された和歌総数、四五一六首のうち五七六首を占める。さらに『柿本人麻呂歌集』の登載和歌、約四〇〇首（人麻呂以外の歌人の詠んだ和歌を含む）と合わせると約一〇〇〇首となり、人麻呂が『万葉集』の成立にいかに大きな貢献をしたかわかる。実に『万葉集』の和歌の約二十パーセント以上が柿本人麻呂及び関係するもので占める。

また、万葉学者は人麻呂が詠んだ和歌の大半が秀歌と認める。それゆえに、『万葉集』を編纂した大伴家持は躊躇することなく人麻呂に「歌聖」という尊称を献上したのである。同時代の歌人に山部赤人という著名な歌人がいるが、人麻呂は赤人の影が薄くなるほどの、突出した才能をもった歌人であったことは間違いない。

一般に、天才とは天性の才能。生まれつき備わったすぐれた才能で、そういう才能を持っている人である。人麻呂はまさに詩歌においてそういう才能を持った歌人であった。

石見相聞歌を分析してみると和歌の才能がよくわかる。

　柿本朝臣人麻呂、石見国《いはみのくに》より妻と別れて上り来りし時の歌二首并に短歌

石見の海　角《つの》の浦《うら》廻を　浦なしと　人こそ見らめ　潟《かた》なしと　人こそ見らめ　よしゑやし
潟はなくとも　よしえやし　潟はなくとも　いさな取り　海邊《うみべ》をさして　和多豆《わたづ》の　荒磯《ありそ》
上へに　か青なる　玉藻《も》沖つ藻　朝羽振《あさはふ》る　風こそ寄らめ　夕羽振る　波こそ来寄れ　波
のむた　かよりかくより　玉藻なす　依《よ》り寝《ね》し妹を　露霜《つゆじも》の　置きてし来《く》れば　この道の
八十隅《やそくま》ごとに　萬《よろづ》たび　かへりみすれど　いや遠《とほ》に　里は放《さか》りぬ　いや高に　山も越え来《き》ぬ
夏草の　思ひしなえて　しのふらん　妹が門《かど》見む　なびけこの山　（巻二・一三一）

　反歌

石見のや高角山《たかつの》の木《こ》の間よりわが振る袖《そで》を妹見つらむか　（巻二・一三二）
小竹《ささ》の葉はみ山もさやに乱《さや》げども吾は妹おもふ別れ来ぬれば　（巻二・一三三）

或本の反歌に曰く

石見なる高角山の木の間ゆもわが袖振るを妹見けむかも

（巻二・一三四）

和歌は中国の『詩経』や『唐詩選』などの漢詩に多分に影響されて発展した。しかし、中国語と日本語には根本的な相違がある。つまり、漢字は表意文字で一語一語が意味を持つ。それに対して日本語は表音文字が必要となる。だから、日本語の一字一字に対して発音に合った漢音を当てる作業が必要だった。「な」「ナ」音は「奈」、「ら」「ラ」音は「良」というように当てはめるのである。

中国の河北省石家荘《せっかそう》市にある河北師範大学から招かれて、七年間、客員教授として教壇に立って日本語を教えたとき、日本語の成立について講義をしたことがある。例をあげながら、日本語の表音文字が漢字をくずして生まれた話をすると、教室の学生から爆笑が起こって、講義を中断しなければならなかった。万葉歌人にとって日本語一字一字に漢字を当てるという作業は涙ぐましい作業であったであろう。漢字そのものの「万葉仮名」から「平仮名」「片仮名」をつくり、そのお陰でやっと日本人が文字文化を手に入れ、自由に文章を書けることができるようになり、独自の文化を発展させることができた。

最初、日本人は「略字体」と「非略字体」の表記法を考案した。「略字体」では漢音の羅列だが、「非略字体」では助詞を使って日本語をそのままの形で表記できるようにした。それが文章のみならず文化全体を発展させることに貢献したのである。

人麻呂をはじめ万葉歌人は中国の詩文を研究し、わが国固有の詩形式である和歌に採り入れている。それゆえ、古代において国際的な水準の和歌を詠むことができたのである。

五七調の長歌、五七五七七の短歌（反歌）、このような詩型はわが国固有の歌謡の形式であったが、見事なまでに漢詩の技巧が活かされている。

漢詩では五言絶句、七言絶句の詩型で頭韻や脚韻を踏むことでリズムを刻むが、和歌は独自に「音」を五七調で刻むことでリズムを作り出すことに成功した。

石見相聞歌は長歌と短歌（反歌）の二部構成になっている。長歌で詠んだ詩を、短歌で要約する形式であるが、後に長歌が廃れ、短歌のみ残ることになる。

日本文化は「縮みの文化」であるという。短歌が連歌になり、俳句・自由律になり、川柳になり、形式にとらわれない現代俳句に発展する。和歌はまさに縮んでいく。しかし、これらの短い形式の詩が国際的に広がっていく現在の様相をみると、それが人類共通の普遍性を持っていることがわかる。

前にも述べたが、万葉歌人は枕詞などの装飾語、比喩・暗喩、頭韻・脚韻などの技巧を駆使することによって、多様な和歌群を形成した。しかし、まことに残念なことだが、『万葉集』にはあった長歌が『古今集』『新古今集』では消え去り、西洋詩や漢詩に通ずる詩形式の長歌が長期間にわたって休眠状態に陥ったのはわが国詩歌の発展のうえで遺憾なことであった。というのは、固有の長歌が西洋詩のように豊穣な詩形式に発展する要素を孕《はら》んでいたからである。

明治時代に、ハイネやワーズワースなどの近代西洋詩が紹介され、新体詩が流行するようになって初めて長歌の精神が復活することになる。

石見相聞歌の長歌のなかの「玉藻」は明らかに女体を想わせる比喩・暗喩である。男女の「かみあい」を表現するために使った技巧である。また、短歌の「小竹《ささ》の葉はみ山もさやに乱《さや》げども吾は妹おもふ別れ来ぬれば」における「サ」音の頭韻は男女の離別の寂しさを演出する技巧である。人麻呂が石見相聞歌において、長歌と短歌を一体として織りなした調べは、高邁な精神性を歌い上げ、詩歌の超絶な技巧によってこの上ない絶唱になっている。

偉大な天才歌人の生涯は栄光と悲劇のはざまで翻弄された。しかし、歌聖はこのように多くの秀歌を作り、それらの豊穣な和歌を通じて今も後世の人々に深い感銘を与えつづけている。

今更のように、日本人が奈良時代に古代文学・宮廷文学として柿本人麻呂や大伴家持が編纂した『万葉集』を持つ幸せを感じないではいられない。

（注）本文中の和歌は概して佐佐木信綱編、『新訓万葉集』（岩波書店）を使用した。

おわりに

近年、柿本人麻呂の生涯について関心をいだくようになった。特に、終焉地を解明することが使命のようになった。動機は昨今の人麻呂に関する調査・研究が曖昧で、はっきりしないことが心を突き動したのである。

いったん人麻呂研究を始めると、とめどなく疑問が湧くから不思議である。一定の決着がつかないことにはこの研究は終われないと思った。要するに、人麻呂の詩歌研究の深みにはまったのである。

それからというもの、毎日のように一日中、人麻呂の関連資料を読むようになった。もっとも関心をいだいたのは、正しい終焉地はどこかということである。それに次ぐ関心事はどのように歌人の生涯を捉えられるかということだった。そして、多くの資料を渉猟した上で「栄光と悲劇」という形で捉えることにした。

なぜならば、人麻呂という歌人ほど他の歌人と比較して栄光と悲劇を生きた生涯はあるまいと思ったからである。

一般に、詩人の生涯は悲劇的である。しかし、人麻呂の悲劇性はとても深い。歌人が真実を吐露する和歌を味わいながら人生をたどっていくと、その生涯が波乱万丈であるのに驚く。そして、これまで歌聖の深淵な詩精神を見ずに、上辺だけ見ていたのがわかってくる。端的にいうと、詩歌は心の内面の表出である。それゆえに深い感性がある人だけが詩人の繊細な詩性をすくい取り、味わう恩恵に浴することができる。

人麻呂の研究が進むにつれて、詩歌の深さを感じるようになった。これで歌聖の人生について結論が出たわけではない。しかし、多くの謎が解明されて、新たな研究の展望が少し開けてきたように思う。

本書がこれまでの研究とは異なる視点を示すことによって、人麻呂の生涯と詩精神を解明する試みである。その理解の一助になれば幸いである。

本書の執筆にあたっては、益田市在住の森脇栄一氏、文学仲間の石原亨氏にご協力いただいた。また、拙論は先学諸賢の調査研究より学恩を受けている。特に、梅原猛氏、中西進氏、桜井満氏、宮本巖氏、矢富熊一郎氏、矢富厳夫氏、林正久氏らの論文から大きな示唆を受けた。各氏に心より感謝の意を表したい。執筆上、各氏の敬称を省略したことをお許しいただきたい。また、本の性格上、一部を除いて本文中に参考文献を示さず、末尾に主要な文献一覧を掲載するにとどめた。

引用文は原文のままか、現代語訳にする方がよいか判断して引用した。したがって、原文と現代語訳が混在している。

末筆ながら、本書の出版にあたり、ご高配をいただいた柿本人麻呂公顕彰会会長の中島謙二氏、同事務局長の尾庭昌喜氏、今井印刷株式会社の永見真一氏に厚くお礼申し上げたい。

二〇一六年八月二十日

島根県松江市山代町の寓居にて

池野　誠

参考文献

『日本書紀』　日本文学大系（岩波書店）
『風土記』　日本文学大系（岩波書店）
『萬葉集』　日本文学大系（岩波書店）
『続日本紀』　日本文学大系（岩波書店）
『新訓万葉集』　佐佐木信綱編（岩波書店）
『萬葉集』　和歌文学大系（明治書院）
『懐風藻』　江口孝夫（講談社）
『柿本人麿』　斎藤茂吉（岩波書店）
『柿本人麿　鴨山考・補註篇』　斎藤茂吉（岩波書店）
『水底の歌―柿本人麿論』　梅原猛（新潮社）
『中西進著作集』　中西進（四季社）
『柿本人麻呂』　中西進（講談社）
『柿本人麿』　古橋信孝（ミネルヴァ書房）
『柿本人麿論』　桜井満（桜楓社）
『柿本人麻呂』　橋本達雄編（笠間署院）

『萬葉集の精神』　保田與重郎　（筑摩書房）
『万葉集と歌人たち』　直木孝次郎　（吉川弘文館）
『持統天皇』　直木孝次郎　（吉川弘文館）
『大伴家持』　北山茂雄　（平凡社）
『女帝と詩人』　北山茂雄　（岩波書店）
『万葉集と日本人』　小川靖彦　（角川書店）
『島根県史』　野津左馬之助編・監修　（島根県）
『新修島根県史』　山本清編・監修　（島根県）
『石見八重葎』　石田春律編・著
『柿本人麻呂事跡考弁』　岡熊臣
『島根の和歌を訪ねて』　小原幹雄　（今井書店）
『隠岐の流人』　横山彌四郎　（島根県）
『益田市史』　矢富熊一郎　（益田市）
『柿本人麻呂と鴨山』　矢富熊一郎
『益田高等学校百年史』　島根県立益田高等学校編　（島根県立益田高等学校）
『高津町誌』　島根県美濃郡高津町立高津小学校編　（高津町立高津小学校）

『贈正一位柿本朝臣人麻呂記事』　益井忠恕　（綾部政之助）
「一連の石見・人麿考を書き了えて」（『郷土石見』63）
宮本巖　（石見郷土研究懇話会）
「益田平野の古地理の変遷」（『中世今市船着場跡調査報書』）
林正久　（益田市教育委員会）
『戸田柿本社舊記』　戸田柿本社　（戸田柿本社）
『流人人麻呂』　橋本升治　（朝日新聞社）
『柿本人麻呂の石見』　神　英雄　（自照社出版）
（（　）内は出版社、出版者、出版所）

資料　柿本人麻呂・顕彰年表

西暦	和暦	記事
六五三	白雉四	人麻呂、石見国美濃郡戸田郷（島根県益田市）に出生すると伝う（戸田柿本神社縁起）
六七四	天武三	舎人に合格して朝廷に出仕した。この間、八色の姓が定まり、柿本朝臣人麻呂となる
六八〇	九	七夕の歌一首を詠む
六八一	一〇	三月　記紀の編纂始まる 人麻呂、草壁皇子の阿騎野の冬猟に従駕す
六八九	持統三	人麻呂、持統天皇の近江志賀の行幸に従駕す 四月　草壁皇子没す　挽歌を詠む
六九〇	四	一月　持統天皇即位。高市皇子太政大臣就任 五月　吉野行幸に従駕する
六九一	五	七月　吉野行幸に従駕する 妃泊瀬部皇女らの挽歌を詠む
六九二	六	三月　伊勢行幸

		一〇月　新益京路をみる「役民の作る歌」を詠む
		人麻呂、都に留まりて相聞的連作三首を作る
		軽皇子の阿騎野遊猟に従駕し、和歌を詠む
七〇一	大宝　元	天皇上皇らの紀伊国行幸に従駕して挽歌を詠む
七〇三	三	人麻呂、流人として讃岐国に配流される
		その後、淡路島・東海と配流される
七〇五	慶雲　二	この年以降人麻呂「石見権守」として石見国に配流される
		人麻呂、石見より京に上る時の和歌がある（『万葉集』巻二） 「赦免状」が届いたので上洛したが、実現せず以後、播磨国明石、河内国多々良宮、長門国油谷に流人として流泊す
七〇八	和銅　元	四月二〇日、柿本猿（人麻呂）が五十五歳で没したとある
七〇九	二	人麻呂、美濃郡戸田郷高津村鴨島に没す（『万葉集』巻二・二二三） 人麻呂の妻依羅娘子、挽歌を詠む（『万葉集』巻二・二二四、二二五） 奈良朝高官の丹比真人が到来し、高津・鴨島で挽歌を詠む（『万葉集』二二六）
七二四	神亀　元	人麻呂没すという伝承がある

聖武天皇の勅命により大僧正行基が人麻呂社人丸寺を石見国美濃郡戸田郷高角村石川の鴨島に建立する。この地に人麻呂社を建立したことをもって終焉地として公認する。同年没年とする伝承が生まれる。

七五九　天平宝字　三　この年以後『万葉集』編纂成る

八八六　仁和　三　明石に人丸神社創建す

九〇五　延喜　五　『古今集』編纂成る。「仮名序」に「正三位　左京大夫」の記述あり

九二七　延長　五　『延喜式』成る

一〇二六　万寿　三　地震・大津波により高津・鴨島海底に沈下し、人麻呂神像は松崎に漂着、松崎の丘に人丸社人丸寺を再建する

一一一八　元永　元　藤原顕季、柿本人麻呂の供養をする

一一八九　建久　元　この頃、石見国司、平隆和、人麿社殿を造営する

一四三〇　永享二五　僧　正徹、「正徹物語」を著す

一五八七　元正一五　細川幽斎、「九州道の記」を著し、高津・人麻呂社を参詣したことを記す

一六一〇　慶長一五　大森銀山、大久保石見守長安は社殿を造営する

一六二七　寛永　四　亀井茲政、別当寺人丸寺に住職をおく

一六七一　寛文一一　亀井茲政、松崎の人丸神社本殿を改築す
一六八一　延宝　九　亀井茲親、松崎より鴨山へ社殿を移し、造営す
一七一〇　宝永　七　亀井茲親、戸田に柿本神社を創建す
一七一三　正徳　三　柿本神社拝殿、絵馬堂などを増築す
一七二三　享保　八　一〇〇〇年式大祭を挙行す（『増益弁ト抄読解』『高津町史』）
　　　　　　　　　　霊元上皇より「正一位柿本大明神」の神位を賜わる（「続史愚抄」）
　　　　　　　　　　当寺人丸寺を高角山真福寺と改称される
一七二五　　　一〇　綾部佐右衛門は戸田郷の人丸墳墓を修築する
一七二九　　　一四　益田川より埋没していた十三重塔（福王寺）を発見する
一七四二　寛保　二　金丸常昭、『筆柿記』を著す
一七四四　延享　元　桜町天皇、高津・柿本神社に和歌を奉納す
一七六〇　宝暦一〇　桃園天皇、高津・柿本神社に和歌を奉納す
一七六七　明和　四　後桜町天皇、高津・柿本神社に和歌を奉納
一七七二　　　　九　亀井短貞、「正一位柿本大明神祠碑」を柿本神社に建立す
一七七四　安永　二　香川景隆、『石見名所集』著す
一七九七　寛政　九　光格天皇、柿本神社に和歌を奉納す

一八一一	文化　八	藤原持豊撰「松崎碑」を松崎の柿本神社境内に建立す（注、現在、この碑は近年の高速道路の工事のために近くの神社境内に移設されている）
一八二三	六	岡熊臣、『柿本人麻呂事跡考弁』を著す
一八二六	九	石田春律、『石見八重葎』を著す
一八二七	一〇	中川顕允、『石見外記』を著す
一八四〇	天保一一	仁孝天皇、柿本神社に和歌を奉納す
一八七二	明治　五	浜田地震起きる
一八七三	六	高津柿本神社は県社となる
一八九八	三一	一一五〇式年祭を挙行す 「柿本神社碑」を戸田柿本神社に建立する
一九〇一	三四	島根県益田市中須大瀬より漢鏡を発見する
一九二三	大正一二	一二〇〇式年祭を挙行す
一九四八	昭和二三	一二二五式年祭を挙行す
一九六四	三九	矢富熊一郎、「柿本人麿と鴨山」を著し、高津・鴨島を正当とする
一九六五	四〇	柿本人麿歌碑を柿本人麿神社に建立する

一九七三　　四八　一二五〇式年祭を挙行す

梅原猛、『水底の歌—柿本人麿論』で高津・鴨島を終焉地とす

一九七四　　四九　高津・柿本人麿神社に宝物殿完成す

一九七七　　五二　梅原猛調査団、鴨島海底学術調査をする

柿本人麻呂木版の版木を物部神社（島根県大田市）で発見する

梅原猛・池田弥三郎、柿本人麻呂遺髪塚を発掘す

一九八二　　五七　高津・柿本人麿神社の隣接地に島根県立万葉公園及び万葉植物園が完成

一九九一　平成　三　高津・柿本神社境内に柿本人麿公銅像を建立す

一九九三　　五　竹内均、益田市で柿本人麿終焉地・学術調査をする

一九九八　　一〇　四月　一二七五式年祭挙行。高津・柿本人麿神社、拝殿を改修す

（備考）柿本人麻呂公顕彰会制作の「柿本人麿年表年表」を参考にした。没年が三か所にあるのはおかしいが、『日本書紀』の柿本猿の没年、『万葉集』の臨死歌の没年、聖武天皇が高津に神社を建立した年を没年とする伝承の、三つの没年があり、それぞれ異なるので記載した。

筆者紹介

池 野　　誠（いけの・まこと）

1934年５月　島根県益田市生まれ。作家・文化史家・日本ペンクラブ会員。元中国・河北師範大学客員教授。アメリカ合衆国・ニューオーリンズ市国際名誉市民。島根大学文理学部英米文学科卒業後、公立高校教諭。オックスフォード大学、ニューヨーク大学留学。著書に『ヨーロッパにラフカディオ・ハーンを訪ねる』（今井書店、1972年）、『森鷗外の青春文学』（山陰文藝協会、1999年）、『小泉八雲と松江時代』（沖積社、2004年）、ほか多数。

柿本人麻呂の栄光と悲劇
『万葉集』の謎を解く

発行日　平成二十八年九月一日
著　者　池　野　誠
発行所　山陰文藝協会
〒六九〇-〇〇三一
島根県松江市山代町三二五番地六
電話　〇八五二-二三-六五一五
定　価　（本体価格＋税）一二〇〇円
郵便振替口座　01410-6-9645
加入者名　「山陰文芸」
印　刷　今井印刷株式会社
鳥取県米子市富益町八